GISELDA LAPORTA NICOLELIS

sem medo
de viver

DIÁLOGO

ilustrações
Fábio Cobiaco

editora scipione

Gerente editorial
Sâmia Rios

Editora
Maria Viana

Editor assistente
Adilson Miguel

Preparadora de texto
Ana Paula Ribeiro

Revisoras
Amanda Valentin, Michele Tessaroto,
Salete Brentan e Nair Hitomi Kayo

Editora de arte
Marisa Iniesta Martin

Diagramador
Fabio Cavalcante

Programador visual de capa e miolo
Rex Design

editora scipione

Av. Otaviano Alves de Lima, 4400
Freguesia do Ó
CEP 02909-900 – São Paulo – SP

ATENDIMENTO AO CLIENTE
Tel.: 4003-3061

www.scipione.com.br
e-mail: atendimento@scipione.com.br

2020
ISBN 978-85-262-8105-9 – AL
ISBN 978-85-262-8106-6 – PR

Cód. do livro CL: 737696

2.ª EDIÇÃO
3.ª impressão
Impressão e acabamento
Forma Certa

Ao comprar um livro, você remunera e reconhece o trabalho do autor e de muitos outros profissionais envolvidos na produção e comercialização das obras: editores, revisores, diagramadores, ilustradores, gráficos, divulgadores, distribuidores, livreiros, entre outros.

Ajude-nos a combater a cópia ilegal! Ela gera desemprego, prejudica a difusão da cultura e encarece os livros que você compra.

Dados Internacionais de Catalogação na Publicação (CIP)
(Câmara Brasileira do Livro, SP, Brasil)

Nicolelis, Giselda Laporta

   Sem medo de viver / Giselda Laporta Nicolelis; ilustrações de Fábio Cobiaco. – São Paulo: Scipione, 2006. (Série Diálogo)

   1. Literatura infantojuvenil I. Cobiaco, Fábio. II. Título. III. Série.

06-2273   CDD-028.5

Índices para catálogo sistemático:
1. Literatura infantojuvenil   028.5
2. Literatura juvenil   028.5

"Tenha consciência da semente da qual você brotou.
Você não nasceu para viver como os brutos."

Dante Alighieri, autor de *A Divina Comédia*.

*Para Cleide Franco Bueno, psicoterapeuta,
cuja sensível consultoria muito contribuiu para
a criação deste livro.*

SUMÁRIO

1   A festa dos outros 7

2   Jogando conversa fora 12

3   De mulher para mulher 19

4   Problemas todos têm 25

5   Procurando ajuda 33

6   A verdadeira Cris 39

7   Juntando os pedaços 45

8   Desencucando 52

9   Um dia tão esperado 59

10	Sábado!	65
11	A Justiça é uma cega esperta	72
12	Mudanças	78
13	A vida continua	84
14	O dia "D"	90
15	Enfrentando a barra	95
16	Quando chega a hora	101
Epílogo		109

1

A festa dos outros

— Olhe, Cris, que bacana pra dar de presente pro meu pai – falou Andreia, animada.

Cris fingiu que não ouviu. Estavam num *shopping*, recém-inaugurado. Era domingo e, com a proximidade do Dia dos Pais, um burburinho gostoso tomava conta do local. Os jovens procuravam as melhores ofertas, porque a maioria deles estava com a grana curta.

Era sempre assim. Cada vez que esse dia se aproximava, Cris tinha de aguentar o entusiasmo dos colegas com as compras de presentes para os pais. Ela nunca conhecera o pai, nem tinha a menor ideia de quem ou de como ele fosse. Nem imaginava. Quer dizer, imaginava, sim, porque nascera loira, com os olhos azuis e toda a família da sua mãe era morena, originária do Nordeste e radicada, havia tempo, em São Paulo. Então, por uma questão de lógica – já que a natureza não brinca em serviço –, seu pai deveria ser loiro.

– Vamos entrar, Cris? É só um instantinho. Acho que vou comprar essa bermuda pro meu pai. Ele vai adorar. Vai ficar um gatão!

"Droga!", pensou Cris. Assim mesmo, acompanhou a amiga dentro da loja. Andreia não parava de falar, até parecia uma matraca.

Enquanto a amiga fazia a compra, Cris observava a loja de artigos masculinos. Na casa dela quase todo mundo era mulher: a mãe, a avó, a tia separada do marido com a filha adolescente. O único homem era o avô. Mas esse nem dava para contar – vivia dormindo depois de tomar umas cachaças; não tinha jeito.

Cris pensou que talvez devesse comprar um presente para o avô pelo Dia dos Pais. "Sem essa!", espantou o pensamento rapidamente. "Avô não é pai." Ela estava pouco se lixando se o pai dela tinha sumido no mundo. Que recebesse presente dos outros filhos, se os tivesse.

Andreia, percebendo a indiferença da amiga, aproximou-se, meio sem graça.

– Desculpe, tá? Esqueci que você não curte muito essa história de Dia dos Pais. Foi sem querer.

– Pirou? Deixe pra lá. Só porque eu não tenho pai, não posso exigir que todo mundo seja igual a mim.

– Quem tá pirando é você – rebateu Andreia. – Qual é, todo mundo tem pai, até planta! Esqueceu a nossa aula de botânica, quando a gente estudou o milho?

– Que é que tem a ver o milho com o Dia dos Pais? Você tem cada uma!

A amiga explicou o seu raciocínio:

– Pois, então, um pé de milho tem flores masculinas e femininas. As masculinas ficam nos cabelos, no alto da planta, e produzem os grãos de pólen, onde estão os gametas masculinos; as femininas, contendo os óvulos, ficam na base das folhas, onde nascerá a espiga. O milho tem pai e mãe.

Cris riu:

– Só que o pai do milho vai fecundar a mãe do milho vizinha, porque depende do vento para soprar o pólen de uma planta para as flores femininas da outra. É o processo de polinização, esqueceu? Cada grão de milho é geneticamente diferente.

– Mas o professor falou que, se cobrir a planta e fizer cair o pólen pra baixo, o pai do milho pode fecundar a mãe do milho do mesmo pé.

– Tá legal, você já me convenceu de que eu tenho pai. E minha mãe é uma hermafrodita que se autofecundou, como um pé de milho. Uma espécie rara, uma ET!

– Credo, Cris, não foi isso que eu quis dizer. Coitada da sua mãe. Dá um duro danado naquela máquina de costura!

– Vai levar mesmo a bermuda? – interrompeu a vendedora da loja, nem um pouco interessada naquela história do pé de milho.

– Vou. Embrulhe pra presente, tá? E faça um pacote bem bonito pro coroa ficar feliz.

– Sabe o que eu gostaria de mandar de presente pro meu coroa, quer dizer, se eu soubesse quem ele é? – interrompeu Cris, irritada. – Uma carta bem desaforada, falando tudo o que esse sujeito merece ouvir. Ia lavar a minha alma, pode crer.

– Acho que essa revolta toda não leva a nada, tá sabendo? No fundo, no fundo, você adoraria conhecer o seu pai e até iria gostar dele...

– Você que pensa. Eu de-tes-to esse cara! Pode ter certeza disso.
– Então, tá. Vamos esquecer o assunto e comer um lanche, que eu estou com fome.

Entraram num *fast-food* do *shopping* e pediram sanduíches, refrigerantes e musses de chocolate. Dois garotos que estavam numa mesa próxima dirigiram sorrisos às meninas.

– Veja aqueles dois gatinhos – disse Andreia, olhando com o rabo do olho. – À direita, finja que não tá vendo. Eles não tiram os olhos da gente.

Cris espichou os olhos disfarçadamente e gostou do que viu:

– Duas gracinhas mesmo. Prefiro o moreno de cabelo crespo, que gato, meu!

– Pois eu fico com o loiraço de olhos azuis!

– Já eu detesto olhos azuis – disse Cris. – Acho que foram os olhos azuis do tal sujeito que fizeram a minha mãe enlouquecer de paixão.

– Puxa vida, que fixação! De uns tempos pra cá, você não pensa em outra coisa. Vamos dar uma chance pra esses gatos virem até a gente – disse Andreia, farta daquela história de pai.

Mas era melhor não insistir. Já podia imaginar o que a amiga diria: "Desconhecidos, de jeito nenhum. Se você quiser arriscar, estou fora".

Ficaram saboreando o lanche. O lugar era agradável, a maioria das pessoas nas mesinhas era jovem, mas havia alguns casais de mais idade também. Cris pensou que deveria ser bom manter um relacionamento assim a vida inteira. Ter um companheiro com quem pudesse contar em qualquer situação. Será que ela teria essa sorte algum dia?

Distraída, nem percebeu que os garotos se aproximaram:

– Oi, a gente pode sentar com vocês, pra trocar uma ideia? Duas gatinhas tão lindas e sozinhas, que desperdício – falou o moreno.

– A gente não fala com estranhos, sacou? Chega pra lá, senão chamo o segurança do *shopping* – devolveu Cris, no ato.

– Nossa! – falou o loiro. – A gata é brava mesmo, tá uma fera. Prefiro uma gatinha mansa, de unhas aparadas, como você, meu bem.

– Tá falando comigo? – perguntou Andreia.

– Claro que estou falando com você, mimosa. Posso provar dessa musse?

2

Jogando conversa fora

Os garotos acabaram sentando ao lado das meninas, contra a vontade da Cris, apenas porque a Andreia os convidou. Conversaram por uns minutos, e o garoto moreno, que era o mais extrovertido, disse que se chamava Claudionor.
– Diga, gatinha, como é o seu nome?
– Cris – respondeu, mal-humorada. "Essa Andreia aprontava cada uma! Vai ouvir poucas e boas", pensou.
Mas a amiga já sinalizava para o rapaz que aquele não era o nome dela, não.
Claudionor percebeu e insistiu. Afinal, que nome era esse que não podia ser dito? Tanto fez que Cris acabou entregando:
– Crispiniana.
– Garanto que a sua mãe se chama Ana e o seu pai, Crispim.

O comentário foi tão inusitado que pegou Cris de surpresa. Ela não sabia o motivo da escolha de seu nome.

Ele estranhou: ela não sabia o nome da mãe e do pai? Sem querer, tocara na ferida. Então concluiu dizendo que também era vítima da combinação dos nomes de pai e mãe. A mãe se chamava Cláudia, e o pai, Honor.

Andreia, por sua vez, ficou em silêncio, já arrependida de ter dado bandeira sobre o verdadeiro nome de Cris. Claudionor estava mergulhando fundo; era melhor deixar de lado essa história de pai e mãe antes que...

– E você, gatinha? – perguntou o garoto loiro. – Tem nome ou atende mesmo por mimosa?

– Vá se catar – replicou a garota que não tinha papas na língua. – Meu nome é Andreia, e mimosa é a sua...

– *My God*! – o garoto riu. – Com duas feras dessas, estamos bem servidos. Meu nome é André, e, pelo visto, combinamos pelo resto de nossas vidas, Andreia.

Mas Cris, impulsivamente, já se levantara da mesa e saíra andando pelo *shopping*. Pega de surpresa, Andreia não teve outra escolha senão seguir a amiga.

Os garotos não desistiram. Levantaram também e foram atrás delas. Claudionor alcançou Cris e tocou de leve no seu braço:

– Que pressa! Espere mais um pouco. Depois a gente dá uma carona pra vocês. Moram aqui no bairro?

– Xi, carinha, você ia gastar uma gasolina danada – riu Andreia. – A gente mora na Zona Sul, lá onde Judas perdeu as meias, porque as botas ele perdeu bem antes...

Mas Claudionor não desistia fácil. Ganhara um carro zerinho por ter entrado na faculdade e ele garantia que dirigia direito.

– Como é, aceitam ou não a carona?

– Nem morta! – falou Cris, acelerando mais o passo e resmungando. – Esses filhinhos de papai pensam que as garotas que passeiam nos *shoppings* são todas marias-gasolinas.

Mas o rapaz, inconformado, obrigou-a a parar:

– Espere aí, eu só ofereci uma carona, mais nada. Longe de mim querer ofendê-las...

Meio sem graça, Cris procurou contornar a situação, dizendo que estava tudo bem, para ele esquecer o assunto. Faria qualquer coisa para o garoto sair do pé dela. Porém, ele não desistia:

– A gente vai se ver de novo? Podíamos marcar um encontro aqui mesmo no *shopping*, tomar um lanche juntos, pegar um cinema, nós quatro, o que acham?

– Ah, eu acho ótimo! – apressou-se a responder Andreia. – No sábado, é melhor; a gente não tem aula no dia seguinte e...

Mas Cris já a puxava pelo braço, quase arrastando. André ainda falou:

– Tá combinado, então, gatinhas, sábado, às cinco, tá legal? A gente espera vocês, aqui mesmo. Não tem erro.

– Pois vão esperar sentados – resmungou Cris entre os dentes, virando as costas.

– Não esqueça, Cris, sábado, às cinco – repetiu Claudionor.

Ela virou a cabeça e viu o rapaz sorrindo. O cara era bonito e tinha um jeito de olhar maravilhoso. Mas Cris deu de ombros e continuou andando, seguida por Andreia, que não se conformava.

– Puxa vida, que papelão, Cris! – reclamou Andreia. – Você está ficando cada vez mais ranheta mesmo, um verdadeiro bicho do mato! Só porque o garoto tem carro não significa que seja um marginal, um aproveitador.

Cris, irritada, retrucou dizendo que Andreia era uma otária se pensava que eles queriam alguma coisa séria com elas. Rapaz rico, que pedia garota pobre em casamento, comprava enxoval e até vestido de noiva, só existia nas novelas da TV. Mauricinhos só queriam curtir com a cara delas, no mínimo!

Foi aí que Andreia cutucou pra valer:

– Essa maldade toda está na sua cabeça, Cris! Você desconfia até da sombra. Não é porque o seu pai não assumiu a sua mãe que todos os homens têm de ser uns nojentos...

Cris resmungou. Quem, além da amiga, não sabia que homem não presta, como sua avó sempre dizia. Na opinião dela, a avó estava coberta de razão.

– A sua avó tem setenta anos, pelo amor de Deus! Ela é do tempo em que se dizia que os homens "faziam mal" às mulheres! Eu acho que eles fazem muito bem...

Cris não resistiu e caiu na risada.

– Graças a Deus, a minha avó é bem diferente – continuou Andreia. – Casou de novo aos sessenta anos e está muito feliz.

– Você é louca, e a sua avó também.

– Por que a gente gosta de ser feliz? Abra o olho, Cris, que você vai virar uma mulher mal-amada e histérica. E nem eu vou aguentar ser sua amiga.

Andreia, quando queria, sabia fazer a amiga relaxar. Falou tanta coisa engraçada que Cris começou a brincar com ela, enquanto se dirigiam para o ponto de ônibus:

– Tá legal, você já falou duas besteiras, agora fale duas bobeiras...

– As bobeiras, eu deixo por sua conta, Cris.

– Muito bem. A primeira bobeira: e se a gente viesse no sábado, só pra ver no que dá?

– Qual é? Isso não é bobeira; é a coisa mais sensata que já ouvi da sua boca, garota. Tá virando gente normal!

– Segunda bobeira: e se eu peitasse minha mãe e fizesse ela me contar direitinho tudo o que aconteceu entre ela e o meu queridíssimo papai, que por mim pode se ferrar até a alma?

– Bingo! Peite a dona Dulce. Faça ela entregar a história toda. Depois me conte nos mínimos detalhes, que já tô morrendo de curiosidade, amiga.

– Pois não passa de hoje. Ela vai ter de dizer quem, como diz a minha avó, "fez mal" pra ela...

– "Mal" pra ela? – Andreia riu. – Que idade a sua mãe tem agora?

– Quarenta e um anos.

– Quantos anos você tem?

– Quinze.

– Ah, segundo a biologia, a gestação humana demora mais ou menos nove meses... Daí, concluímos que o seu pai fez "mal" pra sua amada mãezinha quando ela tinha apenas vinte e seis anos. Realmente uma criança de colo. Só falta dizer que ele, por ser o chefe dela, forçou um relacionamento sexual.

– Sabe que eu nunca tinha pensado em tudo isso? – Cris arregalou os olhos. – Vinte e seis anos, é mesmo! Será que ela ainda era virgem? Será que, para não perder o emprego, ela se viu forçada a transar com ele?

– Até pode ser, meu bem. É uma vergonha a violência sexual contra a mulher. Acontece muito entre patrão e empregada; é um resquício da escravidão. Até entre marido e mulher, companheiros ou namorados, às vezes acontece também. Antigamente, as vítimas tinham vergonha de denunciar porque ficavam marcadas pelo preconceito. Hoje, a violência continua existindo, mas as mulheres criaram coragem para tomar uma atitude. E não era sem tempo.

– Puxa, Andreia, eu não imaginava que você fosse tão bem informada. Você me abriu os olhos, valeu! Minha mãe vai ter de me explicar tudo isso direitinho, tim-tim por tim-tim – disse Cris.

– Pois tô dando a maior força – garantiu a amiga.

3

De mulher para mulher

Ao chegar a sua casa, Cris foi direto procurar a mãe. Como sempre, Dulce estava costurando. Ela ergueu os olhos cansados para a filha e nem precisou contar nada. Com o convívio de anos, Cris já podia imaginar o que havia acontecido: o avô bebera, tornara-se agressivo, começara a quebrar coisas dentro de casa. Precisaram chamar a polícia, que resolveu interná-lo.

– Num hospital psiquiátrico de novo? – perguntou Cris.

A mãe assentiu com a cabeça. Depois contou que a avó e sua tia Sofia tinham ido com o avô. Mais detalhes só quando elas retornassem.

– Ele não toma jeito, mesmo. Mas eu quero falar com você sobre outro assunto. É urgente.

– Ai, meu Deus! – suspirou Dulce. – Não dá pra esperar até amanhã? Tive um dia terrível! Tanta costura pra entregar, seu avô nesse estado...

Cris puxou uma cadeira, sentou-se ao lado da mãe. Deu um beijo carinhoso nela.

– Olhe, mãe, faz tempo que eu ando querendo levar um papo com você. Coisa de mulher pra mulher, sacou?

"Antigamente, eram as mães que falavam assim", pensou Dulce. Mas a sua menina era diferente, muito madura para a idade. Era de se esperar que viesse com esse tipo de conversa.

– Meu pai se chama Crispim? – perguntou Cris à queima-roupa.

– O quê? Que ideia mais louca é essa? Por que ele deveria se chamar Crispim? – disse Dulce achando graça, apesar de tudo.

– Ora – replicou Cris –, porque você me deu o estranho nome de Crispiniana, e eu pensei que...

Dulce, então, explicou que Crispiniana era o nome de uma bisavó da menina, uma mulher muito corajosa que fora respeitada e amada por todos e tivera uma vida feliz. Por isso ela lhe dera esse nome.

– Não lhe contei isso, não? – perguntou a mãe.

– Há muito mais coisa que você nunca contou – reagiu Cris. – Quem é meu pai, por exemplo.

Dulce enrubesceu de repente, como uma maçã madura. Tentou disfarçar:

– Que diferença faz quem é seu pai? Ele nunca esteve por aqui mesmo. Criei você sozinha com a ajuda da minha família e vou continuar criando. Esqueça isso.

Cris tomou as mãos de Dulce entre as suas.

– Não dá, mãe. Você conhece seu pai. Também tenho esse direito, você não acha? Domingo que vem é Dia dos Pais. Vejo os meus amigos comprando presentes, falando nos pais deles. Como é que uma pessoa pode crescer sem saber quem foi seu pai? Não tem lógica, mãe. Eu sou gente, não sou bicho.

– Você faz muita questão de saber?

– Faço, mãe, faço muita questão mesmo. Se você me ama como diz, conte tudo, por favor. Não me esconda mais nada. Não sou mais uma criança, tenho quinze anos, estou no primeiro ano do Ensino Médio. Quero até entrar numa faculdade. Você sabe que o meu sonho é cursar Medicina.

Dulce olhou para a filha, os olhos cheios de lágrimas:

– Tem razão, Cris. Está na hora de você conhecer toda a verdade sobre o seu nascimento. Pode até doer, mas a dor faz parte da vida, não é? Vamos lá pra cozinha, a gente toma um chá de erva-cidreira. Estou precisando conversar mesmo, botar pra fora toda essa história que está entalada na minha garganta há anos.

Na cozinha, em frente das xícaras de chá fumegante, Dulce começou a falar. Foi como um filme antigo se desenrolando ante os olhos de Cris. O avô complicado, alcoólatra, sempre perdendo o emprego, uma desgraceira. Meio paranoico, por causa da bebida, tinha ciúme doentio da mulher e das filhas. Logo cedo, Dulce e Sofia começaram a trabalhar para ajudar no sustento da casa. Além disso, tinham de namorar escondido, morrendo de medo de serem descobertas. Até que Dulce, já moça feita, mais de vinte anos, foi admitida numa firma...

– Eu ainda era virgem, sabia?

– Imaginava. E foi aí que você conheceu o meu pai, nessa tal firma?

– Foi, pra minha desgraça ou sorte, sei lá, porque dessa relação resultou você, que é toda minha vida. O seu pai era o dono

da firma, um homem já maduro, de mais de cinquenta anos, mas ainda muito bonito, alto, loiro, de olhos azuis, um coroa gatão, como se diz hoje.

Cris até podia imaginar. Fora mais que paixão: um cara legal, bem-sucedido na vida, tudo o que Dulce sonhara que o seu próprio pai fosse. Assim como um herói, passando uma segurança muito grande. Uma atração irresistível!

– Mas você devia ser ingênua demais, né, mãe? Uma simples funcionária da firma! Ele devia ser casado com essa idade, não era?

– Ele dizia que estava separado de fato, que vivia há muitos anos longe da mulher, porque ela não queria lhe dar o divórcio de jeito nenhum.

Cris pensou que provavelmente a mãe queria acreditar em tudo que ele dizia, só podia ser isso. Provavelmente namoraram por vários meses, às escondidas, porque não ficaria bem se todo mundo soubesse. Afinal, ele era o dono da firma, e ela, uma simples funcionária. Até que... A voz da mãe ia crescendo de emoção:

– Um dia, apareceu uma mulher na firma, fazendo o maior escândalo. Então, descobri que era a esposa dele, da qual ele não estava separado coisa nenhuma. Acho que ela soube do nosso caso e o colocou contra a parede. Aí a coisa esfriou entre nós, porque fiquei muito chocada com aquilo tudo, e acabei rompendo o relacionamento.

– E ele não tentou convencer você a voltar atrás?

– Tentou. Era confortável pra ele aquilo tudo, mas eu me senti muito humilhada, pedi demissão e me afastei dele. Porém, logo depois de ter saído da firma, descobri que estava grávida.

Cris olhou para Dulce, que sorria tristemente, lembrando aqueles dias terríveis. A mãe nem precisaria finalizar a história. Cris já imaginava o desfecho: Dulce, as mãos suadas, dizendo ao patrão que esperava um filho dele e que temia a reação do pai, tão severo. Ele, rindo na cara dela, dizendo que ela era uma oportunista que arrumara um filho por aí e agora queria que ele assumisse a paternidade alheia.

— Nojento! — gritou Cris, quase derrubando a xícara de chá, de tanto ódio.

— Na hora, achei a mesma coisa e saí chorando de lá. Depois, nesses anos todos, tenho pensado tanto que acho mesmo meio esquisito romper o relacionamento e depois voltar, dizendo que estava grávida.

— Esquisito coisa nenhuma, mãe, deixe de se culpar. Ele é que era um nojento mesmo. Essa figura ainda está viva?

— Sim, deve estar beirando os setenta anos, por aí. Tinha filhas moças na ocasião. Hoje deve até ter netos. É um empresário rico, mora num condomínio de luxo.

— E nunca ajudou você em nada, nem quis saber se o filho que você estava esperando nasceu? Como era a criança?

— Nunca! — a resposta veio engasgada num soluço. — Mas não fez falta. Seu avô me apoiou, justiça seja feita. Disse que onde comiam quatro, comeriam cinco. Ele foi bom, sua avó também. E a gente criou você na pobreza, mas dignamente.

Cris revoltou-se:

— Não é tão simples assim, questão de riqueza ou pobreza. Um pai sempre faz falta. É duro se sentir diferente, não saber nem o nome do pai. Qual era o nome do meu pai, afinal?

— Luís. E se você quiser saber como ele era, é só se olhar no espelho, Cris. Os mesmos cabelos loiros, os mesmos olhos azuis. Você é a cara dele!

4

Problemas todos têm

A mãe parecia esgotada e Cris encerrou o assunto por aquele dia. Foi para o quarto que dividia com Jéssica, a filha da tia Sofia. Jéssica era uma garota meio distraída, que não ligava para nada, muito bagunceira. Cris tinha brigas homéricas com a prima, para deixar o quarto em ordem.

Agora mesmo, refestelada na cama, Jéssica lia uma revista sobre as últimas fofocas dos bastidores da TV. Era fã ardorosa de alguns artistas.

– Oi – disse Cris, um tanto deprimida após a conversa com a mãe.

Jéssica, limitando-se a olhar por cima da revista, resmungou um "oi" entre os dentes. Mas deu para notar a cara de enterro de Cris. "O que será dessa vez?", pensou. A prima era meio deprê, encucada com tudo, muito certinha para o seu gosto. Mas na escola devia estar tudo legal. Afinal, bem diferente dela, Cris era a primeira aluna da classe. "Só se estiver apaixonada e o cara não dá bola para ela."

Disfarçadamente, porém, cheia de curiosidade, Jéssica ficou observando Cris, enquanto fingia que lia a revista. A prima estava agitada mesmo, resmungava sozinha, deu até um chute num bichinho de pelúcia que estava no chão do quarto. Era a deixa que Jéssica esperava:

– Credo, que mau humor! Não é à toa que nem tem namorado. Quem vai aguentar esse seu gênio?

– Tá legal, tá legal. Eu sou geniosa mesmo e assumo isso. Mas me diga uma coisa, meu bem, qual seria a sua reação se você tivesse acabado de saber que o seu pai nunca tomou conhecimento da sua existência e até sugeriu que sua mãe fosse uma espiga de milho...

– Espiga de milho? Não estou entendendo nada – disse Jéssica, de um jeito tão engraçado que Cris até riu. – Mas se o meu pai fosse esse nojento, eu não tava nem aí pra ele, mandava ele...

Cris respondeu que a prima falava como se tudo isso fosse fácil, porque conhecia o próprio pai, assinava o nome dele, e ele, por sua vez, adorava a Jéssica, apesar de estar separado da tia Sofia.

Jéssica retrucou que o pai a "adorava tanto" que até se casara de novo, e andava se babando todo pela outra filhota dele, a tal da Bruna. A filha primogênita que se danasse.

– Mas justiça seja feita – defendeu Cris. – Ele paga a pensão direitinho, e olhe que ele luta na vida, não é rico, não. Tudo que você quer ele dá um jeito de comprar. Em comparação comigo, você é uma felizarda.

Mas Jéssica não estava só a fim de implicar com o pai dela. Não era só isso, não. A coisa era mais profunda. O principal é que ele refizera a vida dele logo, e a mãe, não. Sozinha, com uma filha adolescente, será que algum dia ela reconstruiria a vida amorosa dela?

Cris concordou. Com Dulce, acontecera a mesma coisa. Para as mulheres que são chefes de família, e geralmente ficam com a guarda dos filhos menores, reconstruir a vida é muito mais difícil do que para os homens. Sem falar que ela vinha notando que os homens, no segundo casamento, procuram sempre mulheres mais novas, às vezes, da idade das próprias filhas. E a sociedade aceita bem isso, acha natural. É até uma questão de *status* para o homem desfilar com uma garota. Agora, se a mulher fizer o mesmo, arrumar um gatão para namorar ou casar, minha nossa! Todo mundo cai de pau, chama a mulher de safada, e o cara, de oportunista, no mínimo.

– Acho que foi essa criação estranha que as nossas mães receberam – concluiu Jéssica. – Tentaram uma vez, não deu certo, bateu o medo e ficaram sozinhas.

– Mas isso é péssimo, você não acha? Claro que eu não ia querer um padrasto só pra dizer que tem um homem na vida da minha mãe. Tinha de ser um cara legal, porque, pra arrumar porcaria, prefiro que ela fique sozinha mesmo – desabafou Cris.

E, percebendo que a prima não era tão alienada como julgara, completou seu pensamento:

– Hoje em dia, há muito homem perguntando, antes de começar um relacionamento, se a mulher tem casa própria, bom salário. E há um monte deles encostado nas idiotas das mulheres que se matam de trabalhar pra sustentar as mordomias dos maridos ou companheiros. Sobra sempre pra mulher, puxa vida! Será que só os homens é que podem ficar numa boa, namorando as gatinhas e passando bem? Ou são uns otários também, explorados pelas garotas, que fingem todo aquele amor, dependuradas nas rugas, na calvície e na barriga dos coroas, com aquele ar cretino de apaixonadas? Estou ficando amarga demais ou, então, vai ver, é preconceito meu. Mas certos casais que vejo desfilando por aí parecem patéticos demais.

Jéssica já estava a toda:

– Eu, hein! Pois eu só me caso se o cara for rico, se me der tudo. Sustentar homem nem morta! – garantiu.

– Mas você não pretende ter uma profissão? Estudar pra ser alguém na vida? Vai ser sustentada por homem a vida inteira? Que coisa mais antiga, Jéssica.

– Antiga, mas ótima! O que adiantou a mulher trabalhar tanto, hein, me diga? Olhe as nossas mães, só pra começar. Dão um duro danado. Tia Dulce não sai da máquina de costura. Tiram o sangue da minha mãe lá no trabalho dela. E ainda tem o trabalho de casa, jornada dupla, filha pra criar...

– Nossas mães não tiveram muita sorte, concordo, mas nada paga a liberdade de uma mulher que ganha seu próprio dinheiro, pode fazer o que quiser porque é independente. Já pensou ter de pedir dinheiro até pra comprar um batom, Jéssica? Que droga!

– Pensando bem... Mas o meu marido pode me dar uma *big* mesada, ué! Daí eu compro o que quiser e ele nem fica sabendo...

Cris estava boquiaberta. A primeira qualificação de um homem, no entender de Jéssica, era o dinheiro. Filosofia meio besta, do tipo: "de pobre, basta eu".

– Pois penso justamente o contrário: a qualidade essencial é que o cara seja legal, capaz de ser um companheiro de verdade.

Pode até ser pobre, igual a mim. Quem sabe um colega da faculdade... Nós poderemos crescer juntos, trabalhando lado a lado – Cris declarou, convicta.

– Deixe de sonhar, garota – interrompeu a prima. – Faculdade com que dinheiro? Ainda mais de Medicina, pirou? Tem de fazer cursinho pra entrar, onde é que você pensa que vai com esses sonhos tolos?

– Meu pai é um homem rico, Jéssica. Mora num condomínio de luxo. Nunca me preocupei com isso, só queria ter uma identidade, poder assinar o nome dele. Mas já que ele foi um covarde, abandonando a minha mãe grávida, acho que ele me deve muito mais.

– Agora, sim, você está caindo na real. O que mais ele deve, Cris? Ande, fale!

Cris cerrou os dentes:

– Tudo a que uma filha tem direito. Se ele fosse um homem pobre, tá legal, não ia poder fazer milagre. Mas ele é rico, as outras filhas devem ter estudado em boas escolas. A minha mãe disse que ele já deve ter netos. Agora chegou a minha vez. Vou querer nome, identidade, condição pra entrar na universidade, comprar livros, me formar, tudo, entendeu, tudo! Ele vai ter de me engolir como filha, queira ou não!

Jéssica até pulou da cama e veio para perto da prima:

– E como é que você pretende conseguir tudo isso, hein? Chegando nele e falando: "Oi, cara, eu sou a sua filha, tá legal? Passa o nome e a grana".

– Deixe de brincadeira, tô falando sério. Primeiro, preciso convencer minha mãe a dizer o sobrenome dele. Ela, muito esperta, só me disse o primeiro nome. Não insisti porque preciso ir aos poucos. Depois, preciso descobrir como é que a gente faz pra provar a paternidade, exigindo um exame de DNA.

– Xiii, então, melou. A gente luta pra burro aqui pra pagar as despesas da casa, onde é que vai arrumar dinheiro pra advogado? Tô até pensando em estudar à noite pra arrumar um emprego como vendedora numa loja lá do *shopping*. Aliás, tem a vantagem de conhecer uns gatinhos cheios da grana – falou Jéssica.

Cris suspirou:

– É, se tiver que pagar advogado, a coisa complica mesmo. Mas quem sabe há outro jeito? Afinal, há muitas pessoas como nós. Como é que elas fazem divórcio, inventário, essas coisas todas que precisam da Justiça?

– Eu sei lá, priminha. Pergunte pra alguém que saiba. E, olhe, se conseguir tudo isso, não se esqueça de mim, sua quase irmã.

– Não esqueço, não – riu Cris. Eta garota interesseira!

Nessa noite, Cris custou a pegar no sono, de tão excitada. Será que a mãe concordaria com os seus planos? Se conseguisse descobrir o sobrenome do pai, já seria um grande passo.

Luís... mas de quê? Devia haver mais Luíses no bairro que grãos de ervilha. Ele tinha uma empresa, mas será que ainda estava na ativa? Com setenta anos ou mais? Provavelmente, teria passado a direção da firma para as filhas ou genros e estaria aposentado. E que tipo de firma seria?

E qual a origem da família dele? Loiro, de olhos azuis... Seria filho de italianos, alemães, portugueses? Quem seriam seus avós paternos? Talvez, já falecidos. Uma pena. Seria tão legal conhecê-los!

Perdida nos seus pensamentos, nem viu a madrugada passar... Quanto ela perdera por causa do egoísmo de um homem! Mais que isso, pela covardia em assumir, possivelmente, um verdadeiro amor. Se Dulce se apaixonara por ele, essa paixão não poderia ter sido recíproca?

Descobrir quem era seu pai significava muito: ter uma verdadeira identidade, acordar do pesadelo de ser, a vida toda, uma pessoa diferente!

5

Procurando ajuda

Na manhã seguinte, indo para a escola, Cris teve uma ideia: falar com Carlos, o professor de Biologia. Além de explicar a matéria com entusiasmo e clareza, era também um cara legal, amigo dos alunos, o que o tornava muito querido.

No final das aulas, Cris foi até a sala dos professores. Carlos juntava suas coisas, apressado. Mesmo assim, perguntou se Cris precisava de alguma coisa.

Cris não perdeu tempo e contou tudo: a conversa que tivera com a mãe, o choque da revelação...

Carlos ficou muito interessado no assunto. Disse que o que ela pretendia era mover uma ação de investigação de paternidade. Coisa meio complicada, que dependia, sim, da Justiça, de advogado. O juiz pediria exames.

– Cris, não está lembrada do que estudamos outro dia em Biologia? Os grupos sanguíneos?

– Ah, sim – animou-se Cris. – Você explicou que o filho tem sempre um tipo de sangue compatível com o dos pais.

– Exatamente. Mas esse tipo de exame de sangue só exclui a paternidade ou maternidade, dá pra entender? O ideal mesmo será fazer o exame de DNA, que afirma, com 99% de certeza, se a pessoa é o pai ou a mãe.

– DNA... é esse teste que me interessa. E, por sorte, já se faz esse exame rotineiramente no Brasil. Tem até uns programas de TV que financiam isso. Só que eu não quero me expor, quero fazer o teste com o auxílio de um advogado. E como isso deve ser caro, meu problema é arrumar a grana.

Carlos lembrou que uma amiga dele era advogada. Se Cris quisesse, ele poderia se informar direito com ela sobre todos os detalhes do processo e também sobre a questão da falta de dinheiro.

– Às vezes, até penso que é um sonho – suspirou Cris. – Uma coisa tão louca! Mas minha mãe é tão certinha, você acredita que o meu pai foi o único homem da vida dela? Nunca mais teve sequer um namorado.

– O depois não faz muita diferença no caso. O importante é sua mãe conseguir provar que, na ocasião do relacionamento com o homem que ela diz ser seu pai, ela não teve mais ninguém. Fique tranquila que vou pesquisar tudo pra você.

Cris despediu-se de Carlos mais animada. Ele era legal, e falar com a advogada já seria um bom começo. Deveria haver um meio de as pessoas sem dinheiro, como ela, terem direito à Justiça. Afinal, não diziam que a Justiça é cega? Sinceramente, ela esperava que fosse mesmo.

Na saída da escola, Andreia alcançou-a. A garota estava eufórica, não via a hora de chegar o sábado para encontrar os garotos no *shopping*.

Cris nem se lembrava do tal compromisso. Na sua cabeça, havia outro assunto mais importante. Mas Andreia estava de marcação cerrada. Cris iria, sim, nem que fosse arrastada:

– Se você se esquecer do encontro, eu nem sei o que faço!

Estavam nesse papo quando aproximou-se uma turminha de colegas. Entre eles estava o Eric, um ruivo de cabelo espetado. Todo mundo dizia que ele morria de amores por Cris. Mas Eric parecia apenas um bom amigo, devotado e leal. O que a Cris precisasse era só pedir que ele dava um jeitinho para conseguir. O garoto parecia aflito:

– Cris, quero falar com você. Tem um tempo, aí? É coisa importante. Só que é particular.

Andreia afastou-se a contragosto e, então, o Eric contou. Fazia dias que estava para falar com Cris e agora não dava para esperar mais. Ele notara, sempre que saíam da escola, um cara observando-os na esquina: um coroa bem vestido que vinha até de motorista e ficava de olho neles. Justamente isso é que lhe chamara a atenção. O que ele tanto olhava? Afinal, aquele coroa, com um baita carrão importado, não devia ter filho ou neto estudando ali, em uma escola pública.

– E daí? O que tenho com isso? Vai ver é algum tarado que fica espiando as garotas. Vamos avisar o segurança da escola e...

Eric ignorou o comentário. Falou que, naquele mesmo dia, quando chegara para a aula, o cara estava lá, no mesmo lugar, e puxou papo. Perguntou se ele conhecia uma garota loira, de olhos azuis, chamada Crispiniana, mas que atendia pelo apelido de Cris...

Aquilo foi como um soco na boca do estômago de Cris. Ela não conseguiu falar. O garoto continuou:

– Eu não disse que te conhecia e perguntei qual o interesse dele na tal garota. O homem, então, desconversou, dizendo que ela era filha de um amigo e estudava nessa escola. Queria mandar um recado, só isso.

Com muito esforço, Cris perguntou:

– De que jeito o cara é?

Eric olhou-a de um jeito engraçado:

– Pensando bem, Cris, parece incrível, mas agora me deu até um arrepio. O coroa é a sua cara ou vice-versa. Podia até ser seu pai!

Voltando para casa, após a aula, com os pensamentos tumultuados pela revelação de Eric, Cris encontrou a mãe, literalmente em pânico, à sua espera na porta de casa. Dulce desabafou de uma vez só: Elisângela, a amiga que trabalhara com ela na tal firma e que, por coincidência, tinha um filho na mesma escola onde Cris estudava, estivera ali, pela manhã, para contar que vira o Luís rondando por lá.

Cris estava estupefata. O que estava acontecendo com a vida dela, assim, de repente? Por quinze anos não tivera a menor ideia de quem fosse seu pai. Agora, como num passe de mágica, justamente quando ela resolvera saber a sua própria identidade, seu pai se transformara numa pessoa real.

– Sabe o que eu acho de toda essa história? – falou para a mãe, apavorada. – Ele é muito esperto, dona Dulce. Acha que ele ia ficar assim, bonzinho, de repente? Sem essa. Se achou a minha escola por intermédio de um detetive... sei lá, poderia achar a minha casa, vir até aqui. Depois, a senhora falou que ele é um homem rico...

– E o que tem isso a ver? – espantou-se Dulce, incapaz de raciocinar com clareza.

– Muita coisa, mãe. Ele está velho, tem herdeiros, deve até ter feito um testamento, não sei. Com que intenção ele ia me querer na vida dele, agora? Pra me fazer sua herdeira? Duvido. Se esse cara descobriu o paradeiro da gente, a nossa casa, a escola onde eu estudo, deve ser por um único e bom motivo: ele quer conhecer de perto o inimigo.

Dulce arregalou os olhos, surpresa. Como ela não pensara nessa hipótese? A percepção daquela garota era tão grande para a sua idade que, às vezes, ela até sentia medo. Mas seria isso mesmo? Por mais vergonhosa que tivesse sido a atitude de Luís no passado, como poderia julgar inimiga uma garota tão bonita e inteligente como a própria filha? Qualquer homem teria orgulho de ser o pai de Cris!

Mas os olhos firmes da garota fizeram com que Dulce não tivesse mais certeza de nada. E se Cris estivesse certa, e Luís estivesse ali como um guerreiro espreitando mesmo o inimigo, pronto para atacar?

A voz da filha cortou os seus pensamentos:

– Você concorda em mover uma ação de investigação de paternidade contra ele?

Dulce ainda tentou ganhar tempo, questionando se ela sabia o quanto isso poderia ser complicado, o tempo que iria demorar, será que valeria mesmo a pena?

Mas Cris estava irredutível:

– Demore o tempo que for, mãe. Falei hoje com o meu professor de Biologia, e ele ficou de consultar uma amiga que é advogada. Deve ter um jeito de a gente entrar com esse processo, mesmo sem ter dinheiro.

Dulce entregou os pontos. Se era assim que a filha queria, assim seria. Ela tinha direito ao nome paterno e a tudo que viesse em decorrência disso. Não poria mais obstáculos.

6

A verdadeira Cris

Nesse dia, Cris nem quis almoçar, foi direto para o quarto. Suspirou aliviada: nada da Jéssica. Lembrou que a prima fora direto da escola ao *shopping*, para tentar um emprego de vendedora numa loja. Jéssica tinha cada ideia! Até sorriu recordando o jeito estabanado da garota. Pelo menos, era sincera.

Olha-se no espelho, vê o próprio rosto: redondo, muito claro, as sobrancelhas de um tom dourado, e os olhos profundamente azuis. Os cabelos loiros vão quase até a cintura. Na escola, seu apelido é Rapunzel.

Sabe que é bonita, não há novidade nisso. Seu fenótipo é bem diferente do resto da família. O homem que Eric e Elisângela tinham visto rondando a escola é parecido com ela. O cabelo loiro custa para branquear, e os olhos continuaram azuis como os seus.

Que diferença faria, afinal, na sua vida, esse encontro com o pai? Depois de quinze anos... Tivera uma infância quase feliz, não fossem os porres do avô, que era uma pessoa boa, amoroso com as filhas e netas, mas quando estava sóbrio. Uma pena aquela doença, o alcoolismo. Bastava ficar deprimido ou angustiado e lá ia ele para o bar. Os amigos o incentivavam a beber. E depois voltava diferente, como se soltasse todos os demônios ao mesmo tempo, uma outra pessoa. Era um círculo vicioso: bebia e perdia o emprego; ficava deprimido e bebia; era internado, depois saía e conseguia a duras penas outro emprego...

Quem segurava a família, decididamente, era Dulce, filha mais velha, dedicada aos pais, amiga da irmã, Sofia, a quem dera o maior apoio durante a separação. A avó, coitada, debatia-se entre o amor e o ódio pelo marido. Sofria com ele e sofria por causa dele. Mas jamais pensou em abandoná-lo.

Olhando no espelho, Cris pergunta-se, novamente: em que mudaria sua vida, se conseguisse realmente provar a paternidade daquele homem que rondava a escola? Ter um pai! Ser reconhecida, mesmo contra a vontade, anexar outro sobrenome em cartório... Iria ficar bonito. Como seria o sobrenome do seu verdadeiro pai?

Quando se formasse em Medicina, poderia ostentar um nome bonito, grande – Doutora Crispiniana da Costa... – e dizer, por exemplo, como os colegas faziam: "Costa é da minha mãe e... é o sobrenome do meu pai!".

Pai, palavra mágica, melhor que *abracadabra*. Finalmente poderia saber de onde tinha vindo a semente plantada no óvulo materno. Quem sabe até, se a sorte colaborasse, ser aceita pelo pai. Talvez amada também pelas irmãs, pelos sobrinhos...

Um arrepio corta o entusiasmo de Cris. De frente para o espelho, ela se dá conta de que talvez esse pai, que chegara de forma tão inesperada, ainda tenha uma esposa. E que essa mulher poderá ser sua maior inimiga. Que pessoa – por melhor que fosse – ficaria feliz com uma filha surgida, assim, do passado, capaz de ameaçar toda a família, desonrando a figura do pai e avô?

"E por isso eu deveria ficar nas sombras, escondida como uma criminosa?" Cris começa a andar pelo quarto feito uma fera na jaula. "E daí? Que se danem todos, esse problema é deles, não meu, tenho o direito de ser reconhecida como filha!"

E se o pai não a aceitasse, assim tão simplesmente? E se ele a rejeitasse mais uma vez? Teria estrutura para aguentar isso, quem sabe até ofensas à sua mãe? Aquela mulher admirável, que passara todos esses anos lutando sozinha para criá-la com dignidade?

Começa a suar de tanta ansiedade, até os cabelos ficam empastados de suor. Está entrando numa luta sem trégua, que possivelmente irá se arrastar por meses ou anos... Valerá realmente a pena? De alguma forma, ela tem seu mundo estruturado: casa, família, carinho de todos... Independentemente da doença do avô e das dificuldades financeiras, ela sempre teve certeza de que ali era o seu lugar, onde se sentia protegida e amada.

Mas no fundo, bem no fundo do seu coração, ela anseia por conhecer esse pai. Olhá-lo de frente, encarar aqueles olhos azuis que devem ser iguais aos seus, descobrir o que eles traduzem: indiferença, raiva, aceitação... O que ela realmente significa, depois de tantos anos, para esse homem estranho que jamais a segurara no colo ou se preocupara com a sua existência, muito menos a vira crescer?

Será – e essa esperança oscila como a chama de uma vela dentro da sua mente – que nesses anos todos ele não teve sequer uma lembrança daquele amor do passado, ou algum carinho por aquela mulher com a qual se relacionou e até gerou uma filha? Uma curiosidade, ao menos instintiva, de conhecer o sangue do seu sangue, ainda que não ousasse admitir isso?

Por que, agora, de repente, ele rondava o seu colégio? Homem rico, talvez já aposentado, com filhas e netos, qual o interesse em reencontrar essa filha da qual nunca procurou notícias?

Mas ela mesma não respondera à pergunta, dizendo que ele queria conhecer o inimigo? Não fora tão segura nessa resposta? Por que, então, agora a dúvida? Felizmente, a mãe já concordara em mover a ação. O professor de Biologia logo lhe traria notícias de como conseguir isso sem qualquer custo. Era apenas uma questão de tempo para que ela e esse homem se enfrentassem e se olhassem dentro dos olhos. Assim, ela teria, definitivamente, todas as respostas.

Imagina-se frente a frente com o pai, como numa cena de filme ou de novela. Quem falaria primeiro? Poderia dizer, por exemplo: "Por que você nunca apareceu antes? Precisava ter esperado quinze anos?".

O pai, então, responderia: "Foram as circunstâncias, não foi fácil pra mim, tinha dúvidas. Mas agora, olhando pra você, tenho certeza de que é realmente minha filha!".

Mas poderia ser muito diferente se, à sua frente, ela encontrasse uma pessoa fria, quase hostil. Que não fizesse nenhuma questão de ser chamado de pai por essa garota pobre, que estuda numa escola pública, e de quem ele não sabe nada: nem o que ela pensa ou sonha, nem das suas necessidades básicas de sobrevivência. Apenas uma estranha, nada mais que isso!

Atira-se na cama, decidida a dormir. Só porque resolveu saber quem é seu pai, não vai fazer disso um drama. Tem outras coisas para resolver: se vai ou não com a Andreia ao encontro dos garotos no próximo sábado lá no *shopping*. Ela é tão certinha, até parece a mãe. Morre de medo de ter decepção, como se isso não fizesse também parte da vida.

De alguma forma – pelo que acontecera com a sua mãe, pelo que a avó falava sempre, enfim, por tudo –, desenvolvera uma desconfiança tremenda em relação aos homens. Como se fosse um exército inimigo, sempre pronto para um ataque inesperado e traiçoeiro.

Talvez Andreia tenha mesmo razão. E se, no futuro, ela se tornasse uma mulher mal-amada e histérica? Precisa mudar isso enquanto é tempo. Se tivesse grana, até consultaria um terapeuta, ou alguém que ajudasse a entender a sua cabecinha tão complicada. Mas, como não tem, o jeito é se virar sozinha. Quem sabe, uma boa forma de começar não seria ir ao tal encontro?

O silêncio à sua volta é bem-vindo. Encolhe-se na cama, puxa a coberta até a cabeça. De repente, sente uma carência profunda, uma necessidade de carinho como nunca tivera antes. Algo como se estivesse sozinha no mundo, gritando por socorro!

Então, como num sonho, imagina-se criança, no berço: uma figura masculina curva-se sobre ela, acaricia seus cabelos, enquanto diz: "Durma, minha filha, durma!".

7

Juntando os pedaços

Embora a mãe a tivesse chamado várias vezes para almoçar, Cris só saiu do quarto na hora do jantar. Ela era assim mesmo: quando tinha algum problema, isolava-se, para pôr em ordem os pensamentos. Não adiantava insistir.

Sofia tinha acabado de chegar, cansada do serviço e, pior que isso, da condução. Sempre reclamava que perdia mais tempo no trânsito que propriamente trabalhando. Dulce é que era feliz, podia trabalhar em casa, não dependia de relógio de ponto. Ela era obrigada a entrar nos ônibus cheios, onde sempre aconteciam roubos, abusos sexuais, uma vergonha.

Hoje mesmo tinha ocorrido uma grande confusão dentro do ônibus: um cara assediou uma mulher, e ela, que já devia estar farta disso, passou um estilete nele. Foi aquela gritaria, o cara caiu numa sangueira danada. E ninguém ficou sabendo quem foi.

Sofia parou de falar e olhou para Jéssica, que comia calada. Como a filha era muito tagarela, estranhou. Decerto, passara a tarde procurando emprego nas lojas, mas ela sabia que só aceitavam garotas com o Ensino Médio completo. Só faltava exigirem faculdade e doutorado. Também, a Jéssica não era nada modesta. Tanta loja ali no bairro, precisava trabalhar no *shopping*? Além de tudo, dependeria de condução... Mas já podia até ouvir a resposta da filha: "Pois eu não trabalho nessas lojinhas nem morta, mãe. Ou no *shopping* ou em lugar nenhum, já disse isso um milhão de vezes".

Sofia suspirou fundo: "Será que a filha pretendia encontrar o príncipe encantado trabalhando no *shopping*? Como se ele fosse entrar com cavalo e tudo na loja e pedi-la em casamento?". Sem querer, fez um comentário sobre isso, e Jéssica ficou uma fera:

– Sabe qual é o problema de todos aqui? Sonham baixo, todo mundo acomodado. Eu quero subir na vida e vou conseguir. Garanto pra vocês que arrumo esse tal emprego, querem apostar?

– Já disse que o jeito de subir na vida é estudando, tirando um diploma. Eu e o seu pai já concordamos que você deve entrar numa faculdade, nem que seja particular. A gente quer um futuro melhor pra você.

– Como a Cris? – ironizou Jéssica. – A primeirona da classe, a sabe-tudo. Essa entra em faculdade até do Estado, com certeza. Agora, com papaizinho rico pintando por aí, pode até escolher, não é, meu bem?

Dulce encarou a filha, e Cris leu os pensamentos da mãe: "Você abriu a boca justo para a Jéssica?". Cris ia intervir, mas Sofia pegou a deixa:

– É só eu virar as costas que surgem as novidades!

Ana, a avó de Cris, também não sabia de nada. Sofia e Ana

ficaram olhando para Dulce e para Cris, esperando uma resposta. E Jéssica sorria, enquanto o circo pegava fogo. "Você me paga", pensou Cris.

Dulce não teve alternativa, senão contar tudo. Nunca tivera segredos para a irmã e a mãe. Não seria a essa altura do campeonato que isso iria mudar.

Sofia não queria acreditar no que ouvia:

– Será que vale a pena remexer no passado, depois de tanto sofrimento? Justo agora que a Cris já está criada? Nunca precisaram do Luís pra nada, aquele canalha...

– Espere um pouco, tia – interrompeu Cris. – Ele é meu pai, não é? Tenho o direito de conhecê-lo. Depois, talvez ele não seja esse bicho que vocês sempre acharam que ele é. Gostaria de ouvir a versão dele sobre os fatos.

Do outro lado da mesa, Dulce corou violentamente: "Cris defendendo o pai? Depois de tudo o que lhe contara? Meu Deus, depois de todos esses anos, ele aparecia de repente e ia acabar roubando a sua filha porque era um homem rico?".

As lágrimas turvaram os seus olhos, e ela ficou ali, com um pedaço de pão na mão e um ar tão desvalido que Cris, intuindo os pensamentos maternos, não suportou. Pulou do seu lugar e correu para abraçá-la:

– Que é isso, mãe? Está imaginando besteira? Adoro você, a mãe mais maravilhosa que uma garota possa ter. Então, não ia reconhecer toda a sua luta para me criar com honestidade? Nunca vou abandonar você, mãe, nunca!

No dia seguinte, depois de uma noite maldormida, Cris acordou elétrica, louca para ir à escola conversar com o professor de Biologia. Quem sabe ele teria boas notícias!

Mas a manhã parecia não passar e as aulas eram intermináveis. Pela primeira vez na vida, Cris não estava atenta. Quando finalmente tocou o sinal de saída, correu até a sala dos professores, ansiosa. O coração estava disparado. O que o professor dissesse poderia mudar de vez o seu destino.

– Sente aí, Cris, que já falo com você – disse Carlos, apressado como sempre. Com o canto dos olhos, percebeu que a garota estava visivelmente nervosa. Então, sem mais delongas, começou a falar:

– Ontem mesmo liguei pra minha amiga, que é advogada, e ela me explicou tudo direitinho. Como você ainda é menor, a ação de investigação de paternidade é proposta em seu nome. A ação acumula um pedido de alimentos até você completar a maioridade, que hoje é 18 anos. Sua mãe também deverá apresentar duas ou três testemunhas que, naquela época, sabiam do relacionamento dela com o seu suposto pai.

– Suposto, não, ele é meu pai mesmo. Mas as testemunhas não serão difíceis de encontrar. Uma, pelo menos, minha mãe já tem: uma amiga que trabalhou com ela na mesma firma.

Carlos continuou, dizendo que o processo era meio demorado, poderia se prolongar por até três anos. Só o exame de DNA, feito pelo Instituto de Medicina Social e Criminologia de São Paulo (IMESC), às vezes, era marcado com antecedência de um ano devido à procura. Também iria depender do comportamento do Luís. Ele poderia recorrer da sentença e...

Mas Carlos ainda não dissera o principal: como é que ela e a mãe fariam para conseguir advogado se não tinham grana para isso?

O professor concluiu:

– Agora vem o melhor da história: como vocês não têm recursos para contratar um advogado, sua mãe deve ir à Assistência Judiciária, onde existem os advogados do Estado, que atendem as pessoas que não têm condições pra pagar os serviços de um advogado particular. Mas vocês terão que provar isso.

Cris até pulou da cadeira. Ele tinha certeza disso? Claro que podiam provar, não tinham grana mesmo. Ela sabia que haveria um jeito: se não fosse assim, como as pessoas pobres fariam em caso de inventário, separação etc.?

Carlos procurou acalmá-la. Repetiu que seria um processo longo e difícil, até estressante. Ela e a mãe precisavam se preparar. Era provável que o pai de Cris contratasse advogados experientes; tudo levava a crer que ele não iria admitir a paternidade tão facilmente...

– Acho que não – Cris suspirou fundo. – Mas me diga outra coisa: se eu ganhar a ação, dure o tempo que for, o que acontece depois?

– Uma verdadeira revolução na sua vida – sorriu Carlos. – Haverá uma averbação na sua certidão de nascimento, quer dizer, será anexado o sobrenome do seu pai. Você passará a ser filha legítima dele, tanto quanto os outros filhos que ele já tiver. Herdeira em iguais condições dos bens que ele possuir, porque, desde a Constituição de 1988, os direitos dos filhos ilegítimos foram equiparados aos dos filhos legítimos. Além disso, você terá direito a uma pensão até completar dezoito anos. E agora vem o melhor: se estiver na universidade, a pensão será estendida até o final do curso. Vamos torcer para que tudo dê certo.

Cris não podia acreditar no que ouvia. Era tudo que ela sonhara. Ser reconhecida como filha legítima, ter um nome, fazer parte da família daquele homem que até agora fora um mero estranho, e de repente aparecera, como um furacão, capaz de mudar radicalmente a sua vida. E, se isso não bastasse, ter condições de ingressar na tão almejada faculdade de Medicina.

Decidida, quis saber o que fazer para iniciar a ação. Carlos, objetivo como sempre, entregou-lhe o endereço da Assistência Judiciária. Dulce deveria ir até lá, com todos os documentos dela e os de Cris. E, para ir adiantando, procurar o mais rápido possível as testemunhas de que ele falara.

– Nem sei como agradecer, Carlos. E agradeça também sua amiga por mim.

– Boa sorte, Cris – desejou o professor. – Mas, olhe, vá com calma. Não fique ligada só nisso, tá legal? Continue a levar a sua vida de sempre, com a sua turma, não deixe que a ansiedade tome conta de você.

Cris saiu flutuando da sala dos professores. Quase tropeçou na Andreia, que vinha à sua procura:

– Como é, tudo certo pra sábado? Não vá queimar o meu filme!

Mas Cris estava em outra. Continuou andando, como se nem tivesse escutado a amiga.

8

Desencucando

Andreia não se dava por vencida, assim, tão facilmente. Tanto fez que conseguiu atrair a atenção da amiga.

– Pare com isso, droga! – pediu Cris. – Ainda estou pensando, tá legal? Depois nem sei se tenho roupa pra ir.

Andreia revidou, dizendo que a mãe de Cris era costureira e podia fazer uma bata maravilhosa para ela usar com a calça nova que tinham comprado juntas.

Cris até riu. A amiga sabia mais de suas roupas que ela própria. E, arrependida de ter sido bruta, convidou Andreia para almoçar em casa. A amiga adorava a comida da vó Ana, que, na cozinha, era mesmo uma feiticeira.

Quando chegaram à casa de Cris, ela não viu sua mãe. Provavelmente, fora entregar roupa para alguma freguesa e voltaria logo. "Melhor assim", pensou. Depois, com mais calma, contaria o que Carlos tinha falado. Mesmo que Andreia fosse íntima da casa, certos assuntos deveriam ser tratados com privacidade. Até a Jéssica, às vezes, era inconveniente demais.

Almoçaram, lavaram a louça e depois foram até o quarto conversar sobre o programa de sábado com os garotos. Cris ainda estava reticente: seria legal encontrar aqueles mauricinhos? Afinal, eles eram dois desconhecidos...

Andreia, então, replicou que todo mundo é desconhecido até ficar conhecido. Esse tipo de raciocínio não merecia resposta. Mas Cris queria dizer que, quando um garoto é colega de escola, ou vizinho de bairro, é diferente. Agora, aqueles dois... O tal Claudionor, com o carro novo dele, filhinho de papai. Cris não gostava muito disso, não.

Para Andreia, que era mais impulsiva, com seu estilo "bateu, levou", a coisa era muito simples: se os meninos avançassem o sinal, das duas uma: ou elas consentiam ou despachavam os dois. Não é assim que se decide a maioria das coisas? Para que complicar?

Pensando assim, até que Andreia tinha razão. Um cinema, um lanche dentro do *shopping*, que mal pode ter? Se eles viessem com gracinhas, iam ver o que é bom pra tosse.

– Também não precisa bancar a virgem mártir, né? – riu Andreia. – Numa boa, amiga. Não comece a falar como a sua avó, que me dá nos nervos...

– Esses garotos pensam que as mulheres são todas iguais. Conhecem num dia, no outro já aceitam ir pra cama com eles. Eu me recuso a ser assim, não tem o menor romantismo.

– Entre ser chamada de pia de água benta, onde todos passam a mão, ou de qualquer outro nome que você queira dar pra esse tipo de garota, e ser taxada de fria, há uma grande diferença, Cris. Um namoro normal só pode fazer bem, você não acha?

– Então, defina um namoro normal, por favor. – Cris sentou e encarou a amiga, que fez a cara mais safada do mundo:

– Uns beijinhos, uns abraços, uns amassos... E, depois, com o passar do tempo, se valer a pena, se a gente quiser...

– Você ainda é virgem, Andreia? – perguntou Cris, na lata.

– Você sabe muito bem que eu sou.

Cris caiu na maior risada:

– Verdade? Ou tá me sacaneando?

– Eu ia te sacanear com uma coisa tão séria, garota?! Querendo ou não, ainda sou virgem, mas confesso que tô louquinha pra deixar de ser... e você?

Cris disse que ainda não estava pronta. Queria que a primeira vez fosse com alguém que ela amasse muito, que fosse algo muito especial. Sua prioridade, no momento, eram os estudos.

Andreia, então, quis saber se Cris queria casar virgem, de véu e grinalda, como antigamente.

– E se eu quiser? Depois, casamento não tem nada a ver com virgindade. Quanta noiva grávida casa de véu e grinalda! Também ninguém precisa pôr na testa: ainda sou virgem, ou o contrário. Cada um é cada um, não é gado pra seguir o rebanho.

Andreia argumentou:

– Você tem cada ideia! Já pensou no risco de se casar virgem e depois não gostar do cara, sexualmente falando? Não é mais seguro experimentar antes e casar com quem a gente se afina mesmo, em tudo?

Por esse lado, até que Andreia tinha razão. Mas será que a amiga já percebera o que havia de garota grávida por aí? E aquele caso que acontecera na escola, em que, na primeira ovulação, a menina já engravidou? Não deu tempo nem de menstruar pela primeira vez!

Andreia rebateu, dizendo que havia jovens marcando a maior bobeira. Afinal, os professores falavam sobre sexo e gravidez, os alunos liam livros sobre o assunto, nos postos de saúde havia camisinha e pílulas anticoncepcionais de graça...

– Não é tão simples assim – argumentou Cris. – As garotas começam a namorar com garotos mais velhos e ficam sem graça de pedir que eles usem camisinha, porque os parceiros podem pensar que elas vivem transando por aí ou, então, que desconfiam deles. Também tem aquela história de que na primeira transa não engravida. Daí, já viu, né?

– Mas, então, por que não usam anticoncepcional? Assim, nem precisava abrir o jogo com o namorado.

– Também é complicado. Tem garota que usa anticoncepcional sem receita médica, vai na farmácia e compra. Nem sabe se é o indicado para a idade dela e suas condições de saúde. É preciso estar muito bem informada a respeito...

– Ué? Então como a gente faz pra começar? Precisa ir ao ginecologista pra aprender tudo isso? – perguntou Andreia, atrapalhada com o raciocínio da amiga.

– Você agora usou a cabeça. Consultar um ginecologista seria o ideal – confirmou Cris. – Assim, a garota teria uma orientação completa. Não basta evitar a gravidez, amiga, é preciso sempre usar camisinha para evitar as doenças sexualmente transmissíveis, as DSTs. Sabe que até hepatite B a gente pode pegar numa transa?

– Sem falar na Aids – arrepiou-se Andreia. – Nunca pensei assim... Como é que você, que tem a minha idade, é tão esclarecida e responsável?

– Porque hoje em dia não dá mais pra ser irresponsável, Andreia. É a saúde e até a vida da gente que estão em jogo. E pra que serve toda a informação, como você mesma lembrou? Além do mais, a tia Sofia trabalha em laboratório de análises clínicas e sempre comenta com a gente sobre esse assunto. Imagine que está havendo um aumento na contaminação, principalmente entre os jovens, do vírus HPV.

– Credo! Que vírus é esse que eu nunca ouvi falar?

– O HPV, ou *papilomavírus humano*, é o vírus que causa o condiloma, ou "crista de galo", um tipo de doença sexualmente transmissível muito comum. Acontece que as principais vítimas são as mulheres porque, na maioria dos casos de câncer de colo de útero, elas já tinham sido contaminadas por esse vírus. O problema maior é que, em muitas pessoas infectadas, a contaminação pelo HPV não apresenta sintomas, quer dizer, as verrugas genitais. Isso é um perigo porque as pessoas pensam que não têm nada e seguem infectando novos parceiros.

– Brincadeira! E isso tem cura ou é como a Aids que, infelizmente, segundo as últimas notícias, continua aumentando em certas partes do mundo, principalmente entre mulheres jovens?

– Existem vários tratamentos, sim, e, segundo um dos médicos do laboratório em que a tia Sofia trabalha, os cientistas conseguiram desenvolver uma vacina contra o HPV, e ela logo estará disponível para uso. Como parece que a vacina é mais eficiente na faixa etária de dez a quinze anos, já se estuda até a possibilidade de incluí-la no calendário oficial de vacinações.

– Puxa, que notícia sensacional! Mas, enquanto não chega a tal vacina, nem pensar em transar sem camisinha, inclusive porque ainda tem as outras DSTs, né? Hoje em dia, ter uma vida sexual ativa requer mesmo muito esclarecimento e prevenção. Então, por enquanto, a gente fica só nos amassos, prometo – falou Andreia, de um jeito tão engraçado que Cris não resistiu e caiu na risada.

Andreia tinha um compromisso e foi logo embora, mas não sem antes ter a certeza de que a amiga iria ao encontro com os garotos, no sábado. Quando Dulce chegou, Cris estava pronta para ter uma conversa definitiva com ela. Esperou que a mãe almoçasse tranquila e, depois, entrou direto no assunto. Contou tudo o que Carlos lhe dissera. Dulce ouviu em silêncio. Se o problema da falta de dinheiro estava resolvido, a mãe não tinha como voltar atrás. Agora, era ir à luta. Depois, as testemunhas não seriam difíceis. Precisava só descobrir o paradeiro de mais algumas, porque o da Elisângela ela já sabia.

Dulce prometeu também que, logo na segunda-feira, iria até a Assistência Judiciária, levando todos os documentos e, principalmente, a certidão de nascimento de Cris.

Cris olhou a mãe com carinho:

– Foi paixão mesmo, não foi?

– Foi, Cris, admito, uma grande paixão. E quando penso que talvez tenha de encontrá-lo novamente, por causa desse bendito processo... Só vou fazer isso pelo seu bem, porque esse processo vai exigir muito de mim. Será um choque ficar frente a frente com seu pai. Nem sei qual será a minha reação.

– Isso ainda vai demorar, mãe, não sofra por antecipação. Posso ficar sossegada que você vai cumprir a promessa?

– Claro que sim! Algum dia enganei você?

– Amo você, sabia? – devolveu Cris.

9

Um dia tão esperado

"Chega de pensar em pai", resolveu Cris. Até sábado, a prioridade será o encontro com os garotos. Ela, porém, estava mais dura do que nunca. Precisava descolar grana para pagar a entrada do cinema e o lanche. Não ia admitir que o Claudionor pagasse para ela, nem morta!

– Mas que orgulho besta! – comentou Jéssica, recém-chegada da rua, quando soube dos preparativos para o sábado. – Deixe o carinha pagar, qual é? Ele não é rico, não tem carro novo? Uma mera entrada de cinema e um sanduíche pra ele não fazem a menor diferença, meu bem.

– Não me chame assim que isso me irrita.

Jéssica jogou-se na cama.

– Tô morta, querida, mas desta vez consegui.

– O tal emprego no *shopping*?

– Claro, e eu sou mulher de desistir? Tanto enchi a paciência dos gerentes das lojas que descolei um emprego. Só que o horário não bate com o da escola.

– Como assim? Você não disse que ia estudar à noite e trabalhar durante o dia?

– E você acha que eu vou conseguir mudar de período, assim, no meio do ano? Acha que tem vaga sobrando? Falei isso só pra tapear a minha mãe.

– Mas qual é o horário da loja, afinal?

– Das duas às dez...

– Da noite?

– Não, meu bem, da madrugada. O *shopping* vai abrir só pra sua amada prima trabalhar na loja...

– Xi, a tia Sofia vai estrilar. Saindo do trabalho às dez da noite, que horas você vai chegar aqui, Jéssica? Este bairro é perigoso, você sabe disso.

– Ah, eu me viro. O único problema é ver se dá tempo de sair da escola, almoçar e chegar a tempo na loja.

– Vai ser uma correria e tanto, principalmente com esse trânsito. Por isso que a tia falou pra você arrumar um emprego aqui no bairro mesmo.

– Enquanto eu não conseguir a vaga no período noturno, vai ter de dar. Eu me viro com a dona Sofia. Se for o caso, ela pode me esperar no ponto do ônibus.

– Você não tem jeito mesmo. A tia chega morta de cansada do trabalho, cai dura na cama... Bom, não é problema meu, você já é bem grandinha pra se virar sozinha.

– E o vovô? – perguntou Jéssica, mudando de assunto. – Alguém teve notícia dele?

Cris explicou que no dia seguinte haveria visita, e a avó iria até o hospital levar umas roupas para ele. Cris morria de pena do avô. Se ao menos ele conseguisse largar a bebida!... Que doença danada!

Jéssica rebateu, dizendo que, para ela, o comportamento do avô era mais safadeza que outra coisa. Com tanto entra-e-sai de hospital psiquiátrico, ele não trabalhava e sobrava para as mulheres da família.

Cris, por sua vez, reagiu: achava impossível alguém querer ficar internado só por prazer! O problema era a família não poder pagar uma clínica particular para dependentes de álcool.

– E que diferença ia fazer? – comentou Jéssica. – O avô ficaria trancafiado do mesmo jeito. Talvez o tratamento fosse melhor, sei lá, tipo um hotel cinco estrelas...

– Falando nisso – interrompeu Cris –, li em uma reportagem que o dia 18 de maio é o Dia da Luta Antimanicomial. Isso pode significar uma mudança radical na forma como é encarada a doença mental no país.

– Sei do que você está falando. Também vi um médico na TV discutindo o assunto numa mesa-redonda e achei legal. Ele explicou que, desde 2003, existe um programa do governo federal, chamado *De Volta para Casa*: o doente mental, que estiver internado há mais de dois anos, recebe quase um salário mínimo para que retorne ao convívio familiar. Segundo esse médico, cerca de 1.200 pessoas já recebem esse benefício do governo, mas ainda é muito pouco.

– Nem me diga. Mas, segundo o que eu li – continuou Cris –, pessoas com transtornos mentais poderão ser atendidas gratuitamente também em ambulatórios, ou hospitais-dia, sem precisar ficar internadas.

– Mas será que as famílias receberão mesmo os doentes de volta? – duvidou Jéssica. – Há muitos pacientes que foram abandonados pelas famílias, faz tempo...

Cris concordou com a prima, dizendo que seria preciso uma conscientização da sociedade sobre isso. Antigamente, deixavam-se os doentes mentais internados por anos a fio nos manicômios, onde até eram chamados de "patrimônios", porque a internação acabava se tornando uma prisão perpétua. Hoje em dia, para os pacientes que não têm mais família ou que foram abandonados pela família, há também um projeto de Residências Terapêuticas, tipo repúblicas, supervisionadas por assistentes sociais, enfermeiros e psicólogos.

Jéssica aplaudiu a ideia, dizendo que existe muito preconceito da sociedade contra o doente mental; por isso, as famílias relutavam tanto em recebê-los de volta. O caso do avô era sintomático: o medo que os vizinhos aparentavam na sua presença. Se a família não cuidasse dele, ficaria internado pelo resto da vida ou, então, vivendo como andarilho pelas ruas.

– Com certeza – concordou Cris. – Se cada família aceitasse cuidar do seu parente, já pensou que mudança maravilhosa? Aliás, salvo exceções, em casos mais graves, em que o paciente põe em risco a própria vida e as das demais pessoas, o doente mental só tenderia a melhorar com o convívio social, segundo especialistas.

Jéssica oportunamente lembrou:

– Outro dia assisti àquele filme *Camille Claudel*, que conta a vida da escultora francesa Camille Claudel. Ela, uma artista talentosa, que foi assistente de Rodin, ficou trinta anos internada num manicômio e nunca mais pôde trabalhar no que ela mais amava na vida. Até chorei de tanta pena!

– É isso, Jéssica, é justamente isso. Eu ando louca pra ver esse filme. Com os remédios modernos, muitos transtornos mentais podem ser controlados. O paciente não precisa mais viver fechado num hospício. Se Camille vivesse hoje, talvez pudesse levar uma vida praticamente normal, graças à química!

– Você podia mesmo ser psiquiatra – elogiou Jéssica. – O mundo está precisando de mais sensibilidade e compaixão.

Com a mesma facilidade com que se entusiasmara pelo tema da conversa, Jéssica pegou no sono. Também, pudera, pensou Cris, devia ter dado a volta ao mundo até conseguir aquele bendito emprego.

"Pensamentos alegres", mentalizou Cris. "Preciso descolar uma grana." Como se um bom anjo tivesse ouvido suas preces, tocaram a campainha. Abriu a porta e deu de cara com uma vizinha:

– Oi, Cris, tô precisando de ajuda. Preciso levar a minha mãe ao médico, ela terá de fazer um monte de exames, e não tenho com quem deixar as crianças. Será que você cuidaria delas durante a semana pra mim? A gente combina o preço.

– Tá legal, eu tô precisando mesmo descolar uma grana.

– Amanhã, então? Logo depois da escola?

– Combinado. Eu vou direto pra sua casa.

Aleluia! Melhor do que gol de pênalti. Dinheiro garantido, agora era só cuidar do visual. Lavar bem o cabelo, secar ao sol para dar mais brilho, fazer as unhas e comprar um batom que combine com a roupa nova.

Enquanto Jéssica ronca, na cama ao lado, Cris pensa no Claudionor: "Que gato! Aquele tom de pele, moreno jambo, como dizia vovó, olhos cor de mel, cabelos escuros, todo sarado! De arrepiar até estátua de pedra".

"Calma aí, dona Cris, sem essa de se apaixonar. Racional, sim, senhora. Tem de chegar, encarar e voltar do mesmo jeito: invencível, inatingível, como uma torre de castelo medieval. E ponto final. Mas que ele é gatíssimo, não dá pra negar!"

Deitada na cama, olhos no teto, Cris sonha... Será que Claudionor poderia ser o grande amor da sua vida? Tudo bem ensaiado, como num roteiro de cinema ou novela, ou, melhor ainda, como num conto de fadas que sempre termina assim: "E foram felizes para sempre".

10

Sábado!

Andreia entrou toda animada no shopping. Cris, a seu lado, sentia-se apreensiva: será que realmente deveria ter vindo? Ela não estava acostumada a encontros desse tipo.

Dirigiram-se ao ponto combinado. Claudionor e André, sentados numa mesa de canto na lanchonete em que haviam se conhecido, acenaram para elas.

Cris e Andreia aproximaram-se e foram recebidas efusivamente. Depois, os quatro ficaram decidindo a qual filme iriam assistir.

As filas, porém, estavam assustadoras. Não dava para encarar. Em comum acordo, resolveram passear no *shopping*. Só não desistiram das pipocas. Claudionor veio equilibrando quatro imensos pacotes. E, curtindo as pipocas quentinhas, ficaram indo e vindo pelos andares, olhando as vitrines e batendo papo.

Depois de andar por todo o *shopping*, pararam para tomar um lanche, seguido do maior sorvete que Cris já tinha visto:

– Credo, eu não vou dar conta de tudo isso. Vamos dividir, Andreia.

– Pois eu vou dar conta do meu todinho. Vire-se aí com o seu – a amiga piscou os olhos, maliciosa.

Cris fingiu que não ouviu. Andreia e André – fazendo jus aos seus nomes – estavam se dando às mil maravilhas. Já estavam até sussurrando um com o outro. Mas Cris não abria a guarda, para variar.

– Você é sempre assim, tão fechada, Cris? Parece que está em posição de sentido. Do que é que você tem medo? – brincou Claudionor, acertando na mosca.

Cris riu, meio sem graça, e disfarçou:

– Medo, eu? Que bobagem! É meu jeito de ser, só isso. A gente se conhece faz pouco tempo... E minha prioridade sempre foi o estudo. Quero fazer Medicina.

– Que legal! Você vai fazer cursinho, quer dizer, se a sua escola for muito boa, nem precisa, né?

Cris, então, falou que esse era o problema: estudava numa escola pública e a concorrência era grande, ainda mais porque pretendia entrar numa universidade pública. Sem cursinho, não teria a menor chance.

Claudionor, atencioso, disse que, se ela quisesse, podia indicar um bom cursinho, o mesmo que ele fizera para entrar na faculdade de Arquitetura.

– Ela é a melhor aluna da classe – completou Andreia. – A garota aí é fogo. Se der certo o tal processo, ela vai longe...

– Processo? – Claudionor ficou curioso. – Que processo? Você tá processando alguém?

Cris ficou vermelha de raiva e fuzilou Andreia com os olhos. Tentou disfarçar, mas a amiga insistiu para que ela contasse aos garotos, não tinha nada demais.

Cris ficou indecisa. Aquela Andreia, que boca aberta! Mas, sem saber por que, o garoto lhe inspirava confiança. Então, contou tudo.

Foi aí que Claudionor disse algo estranho:

– Realmente, dinheiro faz diferença. Se o seu pai fosse um homem pobre, não mudaria muito a sua vida.

Cris, irritada com o comentário, perguntou se ele estava querendo dizer que só pelo fato de o pai dela ser um homem rico é que estava entrando com aquele processo.

Ele disse que não, apenas se expressara mal. Estava apenas sugerindo que a coisa era mais complexa do que parecia. Tudo bem que Cris quisesse um nome e o reconhecimento da paternidade, mas o fato de o pai ser rico também era importante.

– Encare objetivamente, Cris. Todo mundo gosta de ter dinheiro, uns só pelo dinheiro, o que é negativo. A maioria gosta de ter dinheiro pelo conforto, pela segurança que ele proporciona. Quem não quer morar e comer bem, colocar o filho numa boa escola, ir a um bom médico ou dentista?

– Você está querendo dizer que ninguém gosta de ser pobre e, se pudesse escolher, seria rico?

– Não necessariamente rico, mas com o suficiente para viver com dignidade. A gente vive num país com uma divisão muito injusta de riqueza: uma minoria privilegiada ganhando bem, contra uma maioria de pobres e até miseráveis.

– Você é o rico aqui. Qual a solução? Os ricos darem o que é seu pros pobres? Você é comunista ou louco?

Claudionor riu:

– Nem uma coisa nem outra. Só julgo ideal uma divisão mais justa. Você mesma é um exemplo disso: estuda numa escola pública e não pode competir em pé de igualdade com alunos que fizeram cursinho ao tentar entrar numa faculdade do Estado. A solução seria a escola pública ter uma qualidade de ensino capaz de dar igualdade de condições a todos os candidatos, independentemente da classe social. Veja o meu caso e o do André. A gente cursou o Ensino Médio num colégio de "Primeiro Mundo". Não deu outra: entramos numa faculdade pública. Mas o que vai ser dos garotos e garotas, como você, que não tiveram, digamos, a mesma sorte?

– Esse papo tá ficando muito sério – disse André. – A gente veio aqui pra se divertir.

– Eles combinam direitinho – emendou Andreia. – Sério com séria. Deus me livre! Vamos dar outra volta, enquanto os dois aí discutem o futuro do Brasil.

Ficaram só os dois, no maior pingue-pongue verbal. Cada vez mais, Cris surpreendia-se com as ideias do Claudionor. Ele contou que o pai dele também era engenheiro, dono de um escritório

muito conceituado. E a mãe, uma artista plástica, apaixonada pelo seu trabalho, a escultura. Tinha uma irmã mais nova, que cursava o Ensino Médio, como Cris.

"Que família legal", pensou Cris. Sempre quisera ter irmãos. Então ela estremeceu ao lembrar que também tinha meias-irmãs, por parte de pai. Na semana seguinte, a mãe iria até a Assistência Judiciária para entrar com o processo. Estava morrendo de medo, mas fazia de conta que não. Já imaginou dar de cara com o pai, assim, de repente? Para ambas, embora por motivos diferentes, seria um verdadeiro impacto!

– Adorei conhecê-la, Cris – a voz do rapaz a trouxe de volta à realidade. – Apesar de toda essa desconfiança, essa barreira que você coloca em relação às pessoas, acho que a gente está se entendendo numa boa. Gostaria muito de vê-la de novo.

– Sabe qual é o meu apelido na escola? – falou Cris, num impulso – Rapunzel.

– A das tranças, aprisionada pela bruxa numa torre, que um dia joga as tranças para o príncipe subir?

– Essa mesma. Só que o dia em que eu jogar as tranças para o príncipe subir, ele deverá ser muito, mas muito especial pra merecer isso, ouviu?

– Com todas as letras. E posso, ao menos, ter a esperança de que eu seja esse príncipe, e de que esse maravilhoso dia aconteça em breve?

Cris olhou no fundo dos olhos dele e respondeu que ia depender de uma porção de coisas. Por isso, era bom que ele soubesse: não era como essas garotas que vão no primeiro dia pra cama com um rapaz. Se ele estivesse esperando isso...

Ele reagiu quase furioso:

– Pra que tanta agressão? Você é muito preconceituosa, sabia? E dona da verdade também. Se quer levar a vida dessa maneira, tudo bem. Agora, julgar os outros já é demais...

Ela se encolheu mais ainda na própria concha:

– Não estou julgando ninguém.

– Está sim. Respeito o seu jeito de ser, você quer ficar como a Rapunzel, numa torre, decidindo quando e pra quem jogar as suas tranças, tá legal. Mas sem ser a juíza do mundo, tudo bem? Fico debaixo da torre o tempo que você quiser, mas sem sermão.

Cris encarou Claudionor. Ele parecia sincero. Havia transparência no seu olhar. Será que ela era mesmo preconceituosa? Julgando tudo dentro de valores apenas pessoais? Ou ele era liberal demais para o seu gosto? Tão fácil falar... O duro na vida era enfrentar os fatos. E a corda sempre arrebentava do lado mais fraco.

Talvez ela estivesse errada apenas numa coisa: um garoto, embora rico, podia ser uma pessoa sensível e legal, capaz de respeitar os outros, ainda que diferentes. Afinal, toda regra tem exceção – ou seria o contrário?

Ficaram conversando por um bom tempo até que os amigos apareceram. Curtiram mais um pouco o *shopping*. Cris olhou o relógio:
— Tá na minha hora, pessoal. Vamos nessa, Andreia?

11

A Justiça é uma cega esperta

Segunda-feira, logo cedo, Dulce armou-se de coragem e foi até a Assistência Judiciária. Havia uma fila imensa. Enquanto esperava para ser atendida, puxou conversa com uma senhora de idade à sua frente. A mulher lhe explicou que a fila era só para pegar uma senha. Teriam de voltar outro dia para serem atendidas.

Dulce calou-se e esperou a sua vez. Enquanto esperava, ia pensando na própria vida. Quem diria! Quase vinte anos depois de conhecer o Luís, estava ali, naquela manhã ensolarada, pronta para iniciar um processo contra ele. Se soubesse disso...

O tempo passara rápido demais. Cris agora já era uma moça, começava a se interessar por garotos, logo mais iria se formar no Ensino Médio e entrar numa faculdade.

Não podia negar essa oportunidade para a filha. Dedicara a ela seus melhores anos, nem se casara novamente – um pouco pelo medo de pôr um homem estranho dentro de casa, outro por estar muito ferida em seus sentimentos. Confiar em alguém, entregar--se de corpo e alma como fizera com o pai de Cris – será que ela conseguiria isso algum dia?

De alguma forma, não lhe fazia muita falta. Aprendera a conviver com os seus sentimentos, vivia para a família. O pai, coitado, volta e meia internado naqueles hospitais psiquiátricos, entre doentes mentais e dependentes de drogas. A mãe precisando tanto do seu apoio. Sofia, sempre tão amiga, irmã de verdade. Jéssica, meio louquinha, mas que ela amava como se fosse também sua filha.

E Cris... Gostaria que ela fosse feliz, muito feliz. Por isso, enfrentava agora essa fila e o que mais viesse pela frente. Fizera de tudo, nesses anos todos, para que a filha não se sentisse diferente. Mas não podia impedir, como no dia anterior, que uma secreta melancolia aflorasse aos olhos da filha. A prima indo almoçar com o pai, os colegas reunidos em família.

Claro que nem todos os colegas de Cris viviam com os pais. Alguns haviam morrido, outros se separaram ou simplesmente abandonaram a família. Mas pelo menos os garotos conheciam a existência desses pais.

Bobagem. Devia haver um grande número de jovens iguais a Cris. Ela lera em algum lugar que na certidão de nascimento de um terço das crianças brasileiras não consta o nome do pai. Isso porque, ao saber que a parceira engravidou, muito homem toma "chá-de-sumiço". Até o recadastramento do INSS hoje só exige o nome das mães, supondo, acertadamente, que muita gente ignore o do pai. E um número cada vez maior de mulheres no país é chefe de família, assim como ela. Mas não só no Brasil; lera também que, em outros países, é a mesma coisa, uma tendência mundial.

Mas chegara a hora de tomar uma atitude que privilegiasse a filha. Engraçado, fora justamente por intermédio da Cris que ela se decidira. Até então, pouco pensara no assunto; queria apenas esquecer que conhecera e se apaixonara por aquele homem. Como se fosse simples. Sua vida podia ser resumida numa frase, como título de filme: *O passado continua...*

Imersa nos seus pensamentos, nem percebeu que chegara a vez de ser atendida. Alguém avisou:

– Sua vez, dona.

Entrou na sala, onde lhe deram uma senha.

Na data marcada, ela retornou. Dessa vez, foi atendida no plantão geral, por um procurador. Contou a que vinha. Ele explicou que, como Cris era menor, teria de ser representada por ela, na ação de investigação de paternidade e pedido de alimentos.

O procurador tomou nota de todos os dados referentes ao caso. Isso formaria um pequeno processo que seria distribuído pela sessão competente, isto é, a de família.

– Aqui está um protocolo – disse ele, entregando a Dulce um papel. – Nessa data, a senhora deverá retornar aqui. Então, falará diretamente com o procurador encarregado do caso, que lhe dará todas as informações necessárias.

Pela terceira vez, Dulce voltou à Assistência Judiciária. Como dissera a mulher na fila, a coisa era demorada. Também, quantos haveria que não pudessem pagar um advogado? Ainda bem que existia esse meio.

A procuradora encarregada do caso chamava-se Gilda; era jovem e muito bonita. E, para ajudar, ainda era extremamente gentil:

– Tenho de lhe fazer uma pergunta e quero que a senhora seja absolutamente sincera – disse Gilda, fitando-a com seus olhos verdes.

– Claro, pode perguntar.

– A senhora tem absoluta certeza de que essa pessoa é mesmo o pai da sua filha?

– Absoluta, doutora. Nunca tive um homem antes nem depois dele.

– Depois, não faz diferença – sorriu Gilda. – O importante é durante o seu relacionamento com ele. A senhora tem testemunhas, pessoas que possam confirmar que houve mesmo esse relacionamento, que, segundo o seu depoimento, durou mais de um ano?

Dulce alegrou-se: já fizera contato com Elisângela, que, por sorte, disse saber do paradeiro de, pelo menos, mais duas colegas que também trabalharam firma. Então, já seriam três testemunhas.

Ao saber disso, a procuradora pareceu satisfeita:

– Sendo assim, vou propor a ação imediatamente. Um oficial de justiça irá à casa do senhor Luís levar um mandado. Ele terá o prazo de quinze dias para se manifestar.

– E o que a senhora acha que ele fará? – quis saber Dulce, que estava curiosa.

– Provavelmente, depois do susto, contratará um advogado para se defender da sua pretensão, ou seja, para contestar a paternidade. É o que habitualmente acontece nesses casos.

– E como vamos provar essa paternidade?

– Além das testemunhas, pediremos exames de sangue. Os tradicionais são apenas exclusivos, quer dizer, descartam a paternidade. Mas o teste de DNA confirma praticamente cem por cento.

Dulce já ouvira falar no tal DNA; Cris explicara para ela. Que coisa extraordinária! Imaginar que uma simples molécula contenha todo o código genético de uma pessoa, as características hereditárias. Parecia feitiçaria. Mas uma bela feitiçaria, se pudesse provar mesmo que Luís era o pai de Cris.

– Mas o teste de DNA é caro, não é, doutora? – Dulce comentou, apreensiva.

– Não se preocupe com isso, dona Dulce. O teste de DNA será feito pelo IMESC, o Instituto de Medicina Social e Criminologia de São Paulo, e é gratuito.

– E o Luís é obrigado a fazer isso?

A procuradora explicou que, desde o final de 1994, o Supremo Tribunal Federal decidiu que uma pessoa investigada pode se recusar a fazer o teste de DNA. Mas, ultimamente, quando um homem age dessa forma, há o pressuposto de que ele seja mesmo o pai da criança. Foi o que aconteceu em um caso, no Estado do Acre, em que foi concedido o direito à paternidade a uma pessoa cujo pai recusou-se a fazer o exame de DNA. Foi uma decisão importante, porque poderá firmar jurisprudência, quer dizer, ser usada em casos semelhantes. Além disso, Dulce contava com testemunhas do seu relacionamento com o Luís.

– E se a Cris ganhar esse processo, ela será reconhecida como filha legítima? – Apesar de já ter tido algumas informações a respeito, Dulce queria ter certeza de tudo.

A resposta da procuradora soou como música aos seus ouvidos:

– Exato. Desde 1988, não há mais diferença entre filhos legítimos e ilegítimos. Haverá averbação na certidão de nascimento de Cris, fazendo constar o sobrenome paterno.

– E quanto à herança?

– Pela idade do Luís, suponho que ele seja casado em comunhão universal de bens; sendo assim, se a esposa dele ainda estiver viva, ele tem a meação do patrimônio do casal, ou seja, cinquenta por cento. Desse total, pode dispor, a qualquer tempo, de vinte e cinco por cento, em testamento. Cris, sendo apenas herdeira de um dos cônjuges, dividirá, com os outros irmãos, caso os tenha, o restante da meação paterna, fora esses vinte e cinco por cento. Ela também terá direito a uma pensão até completar dezoito anos ou um curso superior.

Dulce suspirou aliviada. Agora era torcer e esperar.

12

Mudanças

– É só um beijo, Rapunzel!

Cris resistiu, mas Claudionor segurou seu rosto, fazendo com que ela olhasse diretamente em seus olhos:

– Do que você tem tanto medo? É só um beijo, Rapunzel – repetiu.

– De jogar as minhas tranças, me apaixonar por você. E sofrer uma desilusão, como a que minha mãe sofreu no passado...

Claudionor sentiu um aperto no coração; Cris não era Dulce, nem ele, Luís. Eram duas pessoas diferentes, com direito a viver as próprias vidas. O que poderia fazer ou dizer para livrar Cris definitivamente desses pensamentos depressivos, vencer aquela desconfiança tola que não a deixava viver? "Ah, meu amor", pensou, "se você soubesse o quanto a amo". Encarou-a decidido:

— O que você sente por mim? Responda com sinceridade. Antes você nem me deixava pagar um sanduíche. Carona, então, nem pensar. Será que eu continuo um monstro?

— Não tem nada errado com você, Claudionor, o problema é comigo. Mas estou aqui, não estou? A gente namora numa boa.

— E eu peço um simples beijo e você nega, o que você quer que eu pense?

— Que eu não sou uma garota fácil.

— Se era essa sua intenção, já me convenceu. Agora, se está tentando provar que é uma garota fria, incapaz de sentir a menor emoção, também está conseguindo...

— Eu amo você! – disse Cris, num impulso. – É isso que me dá medo, esse amor todo que sinto.

— Então prove, vamos; pensei que nunca fosse ouvir isso... porque eu amo você também, Rapunzel, desde o primeiro dia lá no *shopping*, lembra-se? E você continua tão arredia quanto um animalzinho selvagem.

— E você bem que gosta disso.

Dessa vez, ele riu: podia até confessar que sim. Aquela braveza, sempre na defensiva, mexia com ele, o desafiava. Dissera para ele mesmo, desde que conhecera Cris: "Não me chamo Claudionor se não conquistar essa gata brava!".

— Você está com uma cara engraçada! – disse Cris, caindo na risada. – Vocês, homens, são todos iguais. Olham pra uma mulher e já estão pensando naquilo...

— E tem coisa melhor?

O garoto, então, perguntou se Cris conhecia a experiência feita com ratinhos. Ela, curiosa, disse que não. Insistiu tanto que ele, com ar malicioso, começou a contar:

– Os cientistas puseram ratinhos machos e fêmeas num local, separados por uma tela de arame. As fêmeas tentaram passar pelo arame, não conseguiram e desistiram. Os machos tentaram e, na primeira vez, também não conseguiram. Mas continuaram tentando e tentando, se machucaram, se estropiaram, mas tchã, tchã, tchã, tchã... acabaram destruindo a tela de arame e alcançando as fêmeas.

Cris caiu na risada e Claudionor concluiu, dizendo que a experiência servira para comprovar o que todo mundo já suspeitava: que o macho da espécie é muito mais persistente e destemido, quando se trata de conquistar a fêmea do que o contrário. E é capaz de disputá-la até a morte, se preciso.

– Ratos e homens, que bela mistura! Você acredita numa bobeira dessas? As mulheres, hoje em dia, é que vão à luta quando querem mesmo um homem. E fuja de uma mulher apaixonada: é puro fogo!

– Que maravilha! Então, me ataque, minha bela fera, que prometo não resistir... Eu me entrego às suas garras.

– Prefiro o jeito antigo: você ataca – replicou Cris, ainda na defensiva.

– Destruindo toda a tela de arame que há entre nós, arrastando você pelos cabelos como um troglodita, gata selvagem...

Cris arreganhou os dentes:

– Veja lá. Olhe que os gatos devoram os ratos. Você não tem medo de mim?

– Morro de medo, juro. Mas não vou embora, nem que você peça. Estou lá, embaixo da torre, tá me vendo? Esperando você jogar as suas tranças.

– Por enquanto serve um beijo?

Claudionor fechou os olhos, na expectativa. E, suavemente, sentindo o coração mudar de ritmo de tanta emoção, Cris encostou os seus lábios nos dele.

Um calor tomou conta do corpo de Cris. Quando recuperou o fôlego, falou:

— Tem gosto de bala de hortelã. Você é um gatinho muito sem-vergonha, sabia? Mas adoro você. E, qualquer dia, vou jogar as minhas tranças, prometo.

— Não prometa nada, minha flor — Claudionor beijou-a repetidas vezes. — Só não me deixe.

Cris afastou-o delicadamente. Ficar ali, parados dentro do carro, era perigoso. O bairro, infelizmente, não primava em termos de segurança. E a mãe devia estar à sua espera.

Ele tentou retê-la, perguntando sobre o processo. Aliás, Cris não falava de outro assunto ultimamente. Era quase uma ideia fixa.

Cris, então, comentou que, como ele sabia, a doutora Gilda, lá da Assistência Judiciária, já entrara com a papelada. A intimação deve ter sido uma bomba para o Luís, porque ele teve poucos dias para contestar a ação. Além do mais, a esposa dele ainda era viva e deve ter levado um tremendo susto com tudo isso. Mas Luís contratara logo um famoso advogado. Só queria ser uma mosquinha pra ver a cara da família toda quando ele contou que estava sendo intimado pra investigação de paternidade!

— Você está adorando isso tudo, essa demonstração de poder... — comentou Claudionor.

— Poder coisa nenhuma, que besteira! — disfarçou Cris.

— Claro que é um exercício de poder, sim, senhora. Depois de tanto tempo sendo ignorada pelo seu pai, de repente, chega um oficial de justiça na casa dele e tasca o mandado: quer melhor vingança do que essa? Causar toda essa revolução na família do homem? Fazer ele gastar a grana com advogado?

— Não foi essa a minha intenção. Só quero que ele me reconheça como filha e me dê recursos para que eu possa estudar Medicina.

– Vou fazer de conta que acredito, Cris. Mas, bem lá no fundo, garota, você está adorando toda essa confusão, confesse. As suas meias-irmãs rangendo os dentes por ter de dividir a herança paterna...

– Elas nem têm do que se queixar. Vão herdar da mãe delas também – replicou Cris. – E ele ainda pode dispor de vinte e cinco por cento da meação dele. Há grana pra todo mundo...

– Você errou de profissão: deveria ser advogada – comentou Claudionor. – Já pensou na hipótese, minha sabe-tudo, de o seu pai colocar todo o patrimônio no nome de um testa de ferro? Quando chegar a hora da divisão, danou-se.

Cris nem queria ouvir falar dessa hipótese. Se Luís tinha contratado um advogado famoso, significava que tinha muito a perder.

Mas Claudionor era insistente e quis saber a quantas, afinal, andava o tal processo.

– Rolando, lá na Vara de Família do fórum. A doutora Gilda disse que o juiz deverá pedir exames de sangue de nós três. Você sabia que os exames comuns só excluem a paternidade ou maternidade, não confirmam?

– Sabia, sim. Mas agora já se faz rotineiramente o exame de DNA.

Cris suspirou:

– Ah, esse confirma, com praticamente cem por cento de certeza, a paternidade ou a maternidade. É torcer pra que o exame de DNA não demore muito...

13

A vida continua

Cris entrou em casa rapidamente, não queria que nenhum vizinho a visse. O pessoal era muito xereta, adorava controlar a vida dos outros.

Dulce veio ao seu encontro meio sem graça. Por cima do ombro da mãe, Cris percebeu que havia visitas na sala. Dulce mexeu as sobrancelhas, código secreto entre as duas, que significava: "Pintou sujeira no pedaço".

– Quem são? – perguntou em voz baixa.

– Você não vai acreditar, Cris, são as suas meias-irmãs! – sussurrou Dulce, com os olhos arregalados como se tivesse sofrido um assalto.

– Droga! – Cris respirou fundo, tomando coragem.

A mãe ainda pediu:

– Calma, Cris, a gente precisa ter muita calma. Venha pra sala que elas estão esperando por você.

Foram os passos mais difíceis da sua vida, como se estivesse aprendendo a andar. À medida que se aproximava, Cris sentia o estômago embrulhado. Os pensamentos giravam em sua cabeça como numa montanha-russa.

– Esta é a Cris – apresentou a mãe.

Levantou a cabeça e encarou as duas mulheres sentadas no sofá, bem juntas uma da outra, como para se defender de algum perigo. Tinham cabelos loiros e olhos azuis, estavam muito bem vestidas e usavam joias. Uma era séria e denotava profundo desgosto com a situação. A fisionomia da outra era mais amena e suave, e Cris, por puro instinto, ficou olhando para ela...

– Meu nome é Beatriz – disse ela. – E essa é minha irmã, Fúlvia.

Cris estendeu a mão para ambas, que permaneceram sentadas. Depois, sentou-se ereta numa das poltronas e ficou à espera. Queria conhecer primeiro o atacante, para revidar depois. Era uma tática que sempre usava nos momentos difíceis.

– Mais uma vez, peço desculpas por virmos à sua casa, assim, sem avisar – disse Beatriz, dirigindo-se a Dulce. – A situação, infelizmente, exigiu isso. É tudo muito constrangedor, me perdoe mais uma vez.

– Vá direto ao assunto – pediu Fúlvia, parecendo cada vez mais aborrecida.

Beatriz ignorou o comentário da irmã e perguntou a Cris se ela imaginava quem elas eram. Cris foi objetiva e respondeu que sim, eram as outras filhas do Luís.

Fúlvia mexeu-se na cadeira, como se dissesse: "Que garota petulante!", mas ficou em silêncio.

Beatriz continuou dizendo que, como Cris podia imaginar, aquele processo de investigação de paternidade caíra como uma bomba na família delas.

"Bingo", pensou Cris. Pena que o Claudionor não estivesse ali para ver o espetáculo. Parecia até coisa ensaiada.

– Eu posso imaginar – disse Cris, tentando manter um ar compenetrado.

– Nossa mãe é uma mulher idosa e doente, não é fácil para ela admitir um caso extraconjugal do marido, do qual supostamente resultou uma filha – explodiu Fúlvia, fuzilando Cris com o olhar.

– Desculpe – interrompeu Dulce. – Sua mãe sempre soube do meu relacionamento com o Luís. Ela apareceu um dia na fábrica e fez o maior escândalo. Foi essa a causa, inclusive, de eu terminar com tudo.

– E voltar, dias depois, tentando impor a ele uma suposta paternidade – emendou Fúlvia.

Cris esquentou de vez, com o jeito soberbo da irmã.

– Suposta coisa nenhuma. É só olhar pra vocês e pra mim: a mesma cor de pele, dos cabelos, dos olhos. Quando o Luís começou a rondar a minha escola, até os meus colegas vieram me perguntar se ele era meu pai.

Fúlvia torceu o nariz em sinal de desdém:

– Não acredito que ele tenha se rebaixado dessa maneira. É imaginação sua, garota!

– E não me chame de garota! Eu tenho nome: Crispiniana. Só preciso é de um sobrenome! – gritou Cris.

A mãe pediu-lhe calma, mas Cris estava fora de si:

– Você já teve calma de sobra nesses anos todos. Qual é a de vocês, posso saber? Quem lhes deu o direito de vir à minha casa, perturbar a minha família? Entrei com a ação de investigação de paternidade, porque tenho absoluta certeza de que o Luís, o pai de vocês, é também meu pai, não que me orgulhe disso. Um homem que abandonou a minha mãe, quando ela mais precisava, que nunca procurou saber se a filha estava viva ou morta. Um covarde, estão sabendo?

– Como eu esperava, sem a mínima classe! – resmungou Fúlvia, parecendo vitoriosa.

Beatriz, contudo, tentava se colocar no lugar de Cris. Ela era revoltada e com razão. Olhando para a garota, cada vez mais reconhecia o seu próprio rosto ali refletido. Se ela fosse mesmo sua meia-irmã, ainda que inesperada, tinha direitos, e todos eles, querendo ou não, teriam de aceitar isso.

Tentou pôr os seus pensamentos em palavras, porém Cris, como um verdadeiro turbilhão, continuou o ataque:

– A sua irmã aí não está nem um pouco preocupada com os meus direitos. Está é louca da vida por ter de dividir a herança. Não se preocupe, dona, tem ainda a herança da sua mãe. Eu só quero o que é meu, por direito: o nome e a herança do meu pai.

E fiquem sabendo que vou lutar por isso, com todas as minhas forças, demore o tempo que for...

Fúlvia revidou no ato, não menos furiosa:

– Você não entende nada da vida, mesmo, garota. Não é apenas por dinheiro, é muito mais que isso. Mas deixe para lá. Foi um erro termos vindo aqui. – Levantou-se e, sem se despedir, dirigiu-se para a porta.

– Desculpem a Fúlvia – pediu Beatriz. – Ela está muito abalada com tudo isso. Com o tempo, ela se acalmará e verá que as coisas não se resolvem dessa maneira. Você não tem culpa de nada, Cris, é uma garota inocente. Particularmente, não tenho nada contra você. Se o exame de DNA comprovar mesmo a paternidade, gostaria, inclusive, de conhecê-la melhor. Afinal, seremos meias-irmãs, não é?

– Vamos embora. Você enlouqueceu! – gritou Fúlvia, já na porta.

Beatriz despediu-se das duas e seguiu a irmã.

– A tal Fúlvia sabe que é verdade! Por isso está uma fera. Dane-se! – fuzilou Cris. – A outra, pelo menos, é mais sensata. Talvez até, no futuro, possamos ser...

– Cuidado, filha. – Dulce, que permanecera em silêncio, parecia ter voltado a si. – A vida me ensinou que, às vezes, os piores inimigos são aqueles que parecem nossos melhores amigos...

Furiosa, Cris encarou a mãe:

– Lá vem você de novo com as suas malditas desconfianças. Que tipo de pessoa quer que eu seja, afinal? A vida inteira um bicho do mato, sem nunca confiar em ninguém?

Antes que Dulce pudesse ao menos responder, Cris abriu a porta e saiu correndo em direção à casa de Andreia. Precisava desabafar com a amiga, ou estouraria feito um balão de gás.

14

O dia "D"

O tempo passou rápido. Dias, semanas, meses sucederam-se como se uma mão invisível virasse as folhas de um grande livro, ininterruptamente...

Quanta coisa acontecera na vida de Cris! A melhor de todas, sem dúvida, fora conhecer Claudionor, daquela forma tão inesperada no *shopping*. Desde aquele dia, o namoro firmara-se tanto que um já frequentava a casa do outro. E continuavam cada vez mais apaixonados do que no início do relacionamento.

Ela passara para o segundo ano do Ensino Médio com notas altas e continuava sendo a aluna querida dos professores, que lhe asseguravam um futuro brilhante.

Em casa, também, as coisas haviam mudado: o avô Raimundo conseguira alta no hospital psiquiátrico e retornara ao lar, para alegria da família. Mas nem tanto dos vizinhos, que tinham um certo receio dele e o discriminavam ostensivamente. Ainda faltava muito para que as pessoas se conscientizassem e respeitassem mais os dependentes de drogas legais que precisavam de tratamento específico.

No mais, tudo ia bem: Jéssica conseguira vaga para estudar no período noturno e durante o dia trabalhava na loja dos seus sonhos. Sofia, como sempre, indo e vindo do laboratório, queixando-se da condução e do trânsito.

Dulce continuava a sua rotina como costureira: entregas para clientes, compras de aviamentos, enfim, sossegada como sempre fora. Mas Cris – que a conhecia melhor do que ninguém – não se iludia com aquela aparente tranquilidade. Nos olhos da mãe, lia toda a expectativa e a ansiedade que o tal processo desencadeara.

Apesar disso, deixou a vida rolar, seguindo o conselho do professor de Biologia, de não viver apenas em função daquele processo. Depois, o relacionamento com Claudionor enchia tanto sua vida de alegria que sobrava pouco tempo para preocupações. Como dizia sempre a avó Ana: "O futuro a Deus pertence...".

Foi num dia comum, quando ela retornou da escola, que a mãe deu a notícia, assim, à queima-roupa:

– O exame de DNA é na semana que vem. Demorou tanto que quase esqueci. Por sorte fui olhar no papel que a doutora Gilda me deu e...

Pega de surpresa, Cris ficou um instante em silêncio. A mãe continuou:

– Precisamos nos preparar, Cris, porque vamos encontrar o Luís lá no laboratório.

Cris engoliu em seco e sentiu o estômago apertado, algo que geralmente acontecia quando ficava nervosa. Demorou, mas chegara o dia. Não havia outro jeito. Se Luís fosse uma pessoa mais sensata, admitindo que ela era a filha dele... Pelo menos, parara de rondar a escola. Mas podia ter vindo conversar com ela, olhar dentro dos seus olhos. Impossível que, cara a cara, ele não percebesse que era mesmo seu pai.

Porém, a mãe sempre dizia que ele era uma pessoa muito teimosa. Aliás, como ela também. Além de serem fisicamente parecidos, tinham o mesmo temperamento. Cris só esperava que não tivessem o mesmo caráter.

Os dias que antecederam o exame pareceram voar. Embora Claudionor a tivesse apoiado para valer, e a amizade de Andreia a confortasse, Cris sentia uma ansiedade crescente à medida que o dia "D" se aproximava. Ensaiou diante do espelho, diversas vezes, o que diria ao pai. Nada a satisfazia. Um grande bloqueio travava sua mente ao se imaginar frente a frente com ele.

Nas vésperas do exame, foram dormir cedo, para não perder a hora. O laboratório ficava longe, e a doutora Gilda pedira que não se atrasassem.

Na manhã seguinte, pegaram o ônibus às seis horas e conseguiram chegar pontualmente. Enquanto subiam pelo elevador do prédio, Cris sentia as mãos geladas. Pegou na mão da mãe, que também estava como uma pedra de gelo. As duas permaneciam caladas, como se faltassem as palavras.

Entraram no laboratório e sentaram-se. Ficaram de mãos dadas, uma dando força para a outra. Afinal, não era moleza: Dulce não via o antigo namorado fazia quase vinte anos; Cris nunca o vira, apenas sabia que eram parecidos, mais nada.

Minutos depois, quando entraram na sala de exames, Cris sentiu a mãe trêmula. Ali, na frente delas, estava um homem alto, de cabelos grisalhos e olhos azuis.

Cris tentou disfarçar a emoção que, repentinamente, tomou conta dela. Então, aquele homem – tão próximo e ao mesmo tempo tão distante – é que era o seu pai!

Finalmente chegou o momento tão esperado por Cris: foi recolhido o sangue necessário dos três.

Durante todo o tempo, Luís tentava não encarar as duas. Cris, porém, disfarçadamente, olhava para Luís. Ele devia ter mais de setenta anos e aparentava cansaço, talvez devido ao estresse causado pelo processo e à possível pressão familiar. Usava uma calça folgada, dando a perceber que emagrecera recentemente. Devia ter sido um homem bonito, porque seus traços ainda denotavam vigor.

Seu pai! A pessoa pela qual procurara tanto, capaz de mudar sua vida num piscar de olhos: dar-lhe um nome, identidade, garantir-lhe um futuro e a tão sonhada faculdade de Medicina. Mas esse homem não era capaz sequer de encarar sua mãe – que talvez ele até tivesse amado um dia –, nem a ela, cujas evidências físicas indicavam ser sua filha. Que tipo de pessoa abominável era ele?

Na saída do laboratório, encontraram-se novamente com Luís. Cris postou-se bem na frente dele. Seus olhos azuis encararam firme os olhos azuis desbotados do pai. Então, explodiu:

– Por quê, me diga, por quê? Não está na cara que sou mesmo a sua filha? Por que tudo isso, essa teimosia? Você sempre soube, desde que começou a rondar a minha escola, não foi? Tem certeza agora. Nem precisava de exame de sangue. Esperei tanto por esse dia, que pena!

Nesse instante, como se só agora tomasse conhecimento do que se passava ali, Luís olhou para Cris. E, dentro daqueles olhos – tão parecidos com os seus –, ela pressentiu uma alma ressequida, como um deserto sem oásis.

15

Enfrentando a barra

As semanas seguintes foram de grande expectativa. Cris nem conseguia dormir direito. Acordava no meio da noite, molhada de suor. Ficava andando pelo quarto até se acalmar. Jéssica, como sempre, dormia como uma pedra. A mente de Cris, no entanto, permanecia selvagem e insone.

Dulce também parecia ansiosa, mas disfarçava para não deixar a filha ainda mais nervosa. Como se adiantasse. Era só olhar para ela, com aquele jeito contido, que Cris adivinhava o seu estado de espírito.

Finalmente, depois de algum tempo, a doutora Gilda mandou avisar que queria falar com Dulce. Dessa vez, Cris foi junto.

Entraram no prédio da Assistência Judiciária, os corações batendo em uníssono: qual teria sido o resultado do teste de DNA? Daquilo, ambas sabiam muito bem, dependia todo o futuro de Cris.

A advogada pediu gentilmente que sentassem e, sem mais rodeios falou:

– Primeiro, a boa notícia: o resultado do teste de DNA foi positivo. Você é filha do Luís.

Em algum lugar, um clarim soou! Como um herói que volta triunfante e é recebido com pompa, Cris desfrutou daquele momento tão esperado.

Não importava mais que o pai a tivesse rejeitado, passado todos esses anos sem saber notícias suas e que mal a tivesse olhado no laboratório. Não importava mais nada: apenas aquele resultado, que mudaria a sua vida dali por diante, concedendo-lhe o direito de usar o sobrenome paterno, de ser igual às outras pessoas. Era a vitória!

– Ganhamos a primeira batalha, mas ainda não ganhamos a guerra! – continuou a doutora Gilda. – Ainda vamos ter muita luta pela frente!

– Como assim? – perguntou Dulce, sem entender direito, enquanto Cris permanecia em silêncio, ainda embevecida com a notícia.

– Eu disse para a senhora, desde a primeira vez em que falamos, que era um processo demorado, lembra-se?

– Mas o resultado positivo do DNA não significa que ganhamos o processo de paternidade?

A advogada, então, explicou que, apesar de o tribunal ter emitido uma sentença favorável a Cris, o Luís havia recorrido na segunda instância. E, mesmo que a sentença fosse novamente favorável a Cris, ele ainda podia recorrer até o Supremo Tribunal Federal.

Cris, voltando à realidade, não queria acreditar no que ouvia: o seu pai recorrera da sentença. A advogada, pela sua experiência em casos semelhantes, já esperava por isso. A pressão que o Luís devia estar sofrendo da família, por certo, era grande.

– Mas isso é uma injustiça! – revoltou-se Cris. – O DNA deu positivo! Já estudei isso! A certeza é quase absoluta. Como o Luís ainda pode recorrer de coisa tão definitiva? É muita sacanagem!

– A Justiça funciona assim – explicou a advogada. – Mas fique tranquila. Apresentamos várias testemunhas, enfim, temos tudo para ganhar esse processo; é apenas uma questão de tempo. Pense no melhor: você receberá uma pensão mensal do seu pai até completar a maioridade ou um curso universitário...

Cris encarou a doutora Gilda, os olhos brilhantes de tanta emoção:

– Leve o tempo que for, leve dez anos, ele vai ter de me assumir como filha!

– Vamos torcer para que não demore todo esse tempo.

– De qualquer forma, muito obrigada – agradeceu Dulce. – Se a gente ganhar esse processo, terá sido pelo seu esforço. Que Deus a abençoe, doutora Gilda!

– É o meu trabalho – sorriu a advogada. – Sou paga pelo Estado para isso. Mas fico muito feliz quando consigo ganhar uma causa para um cliente. Estou torcendo por você, Cris. Acredite: você vai conseguir o que tanto almeja.

Cris saiu elétrica da Assistência Judiciária. Parecia que estava com faniquito, como diria a avó Ana. Dulce tentava acalmar a filha, mas era em vão. Cris achava que naquele momento tinha direito de fazer o que quisesse.

– Será que a senhora não imagina o que esse resultado de DNA significa pra mim, ainda que aquele velho teimoso tenha recorrido da sentença? – indagou Cris.

– Claro que sim! – respondeu Dulce, abraçando a filha. – Mas lembre-se do que a doutora Gilda disse. Vencemos uma batalha, mas ainda não vencemos a guerra.

– Mas vamos vencer, mãe, é só questão de tempo, lembra-se? Por mais que ele tente, que ponha mil advogados, o exame deu positivo; nenhum juiz em sã consciência vai dar ganho de causa pra ele.

Abraçaram-se ali mesmo; mais que mãe e filha eram duas guerreiras dispostas a lutar para conseguir o mesmo objetivo: o reconhecimento definitivo da paternidade por parte de Luís.

Nesse dia, por coincidência, era o aniversário de Claudionor. Ainda que estivesse com a cabeça a mil, Cris não poderia deixar de ir à festa. Já frequentava há algum tempo a casa do rapaz e era bem recebida pela família dele.

À noite, quando Claudionor veio buscá-la, Cris contou as novidades. O rapaz também concordou que, ainda que o processo demorasse, as chances de sucesso eram grandes. Era mesmo só uma questão de tempo e, principalmente, de paciência...

Durante a festa, nem o burburinho e o som muito alto conseguiram distrair Cris dos seus pensamentos. Aquele fora um dia muito especial, que, tão cedo, não sairia de sua memória.

Mais tarde, quando Claudionor foi levá-la em casa, retornaram ao assunto:

– Estive observando você. Ficou calada quase a noite toda – disse ele.

– É que ainda estou emocionada com a notícia. Esperei tantos anos por isso...

– Pelo visto o processo ainda vai se arrastar por algum tempo. Como fica a sua faculdade de Medicina?

– Pretendo terminar o Ensino Médio e depois fazer um ano inteiro de cursinho. Só assim posso ter alguma chance de entrar numa faculdade pública.

– Isso significa que você não está contando com o dinheiro da pensão, então? Esse dinheiro resolveria todos os seus problemas... Você poderia até pagar uma faculdade particular.

Cris suspirou:

– Pra falar a verdade, não estou, não. O jeito é contar com as minhas próprias forças. Como diz a vovó Ana, tem jeito pra tudo, não tem?

Claudionor, então, com muito tato, abordou o assunto que há muito tempo martelava sua cabeça:

– Se eu ou a minha família pudermos ajudar em alguma coisa... Até sair o dinheiro da pensão.

Cris reagiu, furiosa:

– Nem pense nisso! Sabe o que ia parecer? Que eu estou namorando você só por interesse. Por favor, nem toque mais nesse assunto.

16

Quando chega a hora

Deitada na cama, em silêncio, Cris aconchega-se, como um feto retornando ao útero materno, cálido, na penumbra. E, como num filme, vê a própria vida desfilar perante seus olhos...

O dia em que, pela primeira vez, a mãe a levou à escola – tinha quatro anos. Ainda se lembra de como ficou chorando, desesperada, no portão, enquanto a mãe partia. Alguém a levou para dentro, enxugou suas lágrimas, dizendo: "Não chore".

O diploma do Ensino Fundamental. O início do Ensino Médio... Sempre boa aluna, esforçada. A luta para comprar o material escolar, livros, cadernos... Quantas vezes a mãe precisou pegar dinheiro emprestado de vizinha ou parente!

E quando ela própria precisava de uma grana extra, trabalhava de babá, olhando a molecadinha da vizinhança.

Então, conheceu Claudionor e jurou que jamais aceitaria qualquer coisa dele, sequer uma carona. Tanta preocupação em ser sempre a garota certinha que desconfiava de tudo, principalmente de garotos ricos.

Tinha uma razão muito forte para essa desconfiança: a história da própria vida, os comentários que ouvia dentro de casa, da família toda, sobre aquele homem que engravidara sua mãe e não assumira a paternidade; simplesmente a abandonara, quando ela mais precisava de apoio.

Como poderia confiar, logo no primeiro momento que conheceu o Claudionor, se somente aprendera que o mais rico sempre se aproveita do mais pobre, que o homem quer apenas tirar vantagem da mulher, fazer-lhe "mal"? Que o preço do amor (da entrega mais íntima) se traduzia no abandono e em cicatrizes profundas?

Fora um aprendizado até que ela confiasse nele, abrisse seus cadeados ocultos. Desde o primeiro beijo, para gozação da Andreia, que depois do André já tivera outro namorado.

Entre ela e Claudionor surgira – como um milagre, contrariando todas as probabilidades – um verdadeiro amor, que resistira a esse tempo de expectativa. E dera-lhe forças para enfrentar tudo: o dia glorioso em que soube que o teste de DNA deu positivo. A constatação de que o pai recorrera e iria até o limite de suas possibilidades – lutando para não reconhecer a paternidade. E de que ela só contaria com as próprias forças, se quisesse realmente realizar o seu grande sonho: formar-se em Medicina.

Como a doutora Gilda avisara, o processo duraria anos... Quantos, ninguém poderia prever. Assim funcionava a Justiça.

E ela sabe que tem duas opções, como um viajante que chega a uma encruzilhada e para, sem saber qual caminho seguir. Uma delas, a mais fácil, é desistir. Fazer de conta que nunca entrou com esse processo, deixar rolar e continuar a sua vidinha de sempre, sem grandes ilusões ou expectativas. Abdicar de seu sonho mais profundo, de sua realização profissional. Terminar o Ensino Médio e procurar um emprego para ajudar a mãe nas despesas da casa. Não seria nenhum demérito, afinal, quantas garotas não fazem isso? Apesar de que, hoje em dia, conseguir o primeiro emprego não é nada fácil.

O outro caminho, o mais difícil, ir à luta! Não ser apenas a Rapunzel do conto de fadas, que, aprisionada na torre ou escondida numa floresta escura pela bruxa malvada, espera pelo príncipe que virá resgatá-la. Mas uma Rapunzel moderna, que, embora encontrando o amor, quer muito mais da vida: o direito de escolher o seu próprio destino. Ter uma profissão que lhe garanta não só realização pessoal como também independência econômica.

Cris fica imaginando o que a espera nessa longa trajetória – que pode demorar sabe lá quanto! –, estrada comprida e sem desvios, que ela deve trilhar até o fim, contando certamente com o apoio da família, mas, principalmente, com as suas próprias forças, sua persistência e determinação.

Depois de formada no Ensino Médio, se o processo ainda não tiver se encerrado, arrumará um emprego para pagar o cursinho preparatório para o vestibular.

Será uma época dura, em que ficará sem tempo até para comer e terá poucas horas de sono para conseguir estudar toda a matéria. Mas, provavelmente, ao seu lado, dando-lhe o maior apoio, estará Claudionor. Se o namoro resistiu até agora, por que não poderia continuar sendo assim? Mas, com ele ou sem ele, ela tem uma prioridade e jamais se esquecerá disso.

Finalmente, o dia do vestibular: a garganta seca, o estômago revirado. Dizem sempre que é para se alimentar bem antes do exame – de que jeito? Em época de prova, ela só consegue tomar um café e olhe lá. A mãe ainda colocaria duas barras de chocolate na sua mochila, caso ela sentisse fome ou ansiedade.

Depois, a expectativa da lista de candidatos aprovados. Sem coragem de ler:

– Veja pra mim, mãe!

A perspectiva pessimista:

– Não passou, que pena, mas não fique triste, filha. Você ainda é tão jovem, tente novamente no ano que vem...

A perspectiva otimista, Dulce pulando à sua frente, atirando o jornal para o alto:

– Passou, Cris, eu nem acredito, você entrou na USP! Meu Deus do céu, hoje é o dia mais feliz da minha vida!

Fica com a segunda hipótese, afinal, sonhar não faz mal para saúde, muito pelo contrário. Continuando: festa na casa, convidam amigos e parentes, fazem um churrasco. Como se fosse um nascimento, um batizado. Orgulho total!

Uma nuvem escura cobre o sonho bonito, escurece o céu azul: tudo perfeito, mas, e agora? Curso de Medicina é em período integral. Como poderia continuar trabalhando? E, se não continuasse trabalhando, como compraria os livros caríssimos para a faculdade?

O sol aparece novamente, escancara de luz o firmamento: se conseguiu ajuda para a ação de investigação de paternidade, quem sabe também consiga algum tipo de bolsa de estudos ou financiamento para estudantes carentes, que possa pagar após a formatura? Nada é impossível!

O sonho flui maravilhosamente bem. Lá está ela, pleiteando o tal financiamento. Depois do labirinto da burocracia, finalmente, conseguindo. Comprometendo-se a ser uma aluna excelente, o que para ela não é difícil. Ganhando espaço, como um atleta superando obstáculos numa olimpíada.

Agora, vamos tentar um golpe de sorte – por que não? Enquanto cursa a faculdade de Medicina, o processo se encerra, com nova sentença favorável a ela, no Supremo Tribunal Federal. Com isso, é averbado em sua certidão de nascimento o sobrenome paterno. Ela, então, passará a receber a pensão mensal que resolverá todos os problemas. O importante é que essa pensão vai durar até o final do curso universitário, maravilha!

Mas talvez ainda pudesse conservar a bolsa que complementará seus recursos. Daria até para ajudar a mãe, quem sabe até pagar um tratamento para o avô Raimundo. Bom uso para o dinheiro é que não faltará.

O filme continua em sua cabeça... Agora imagina-se num grande palco, de toga, ao lado de uma centena de colegas. O tempo passou rápido, nem se deu conta disso devido à devoção total à faculdade, nos seis anos de curso. Como sempre, foi uma aluna brilhante.

Está falando o orador da turma. Na plateia, pais, mães, avós, irmãos, todos em trajes de festa, sorridentes. Para alguns, a trajetória talvez tenha sido suave. Para outros, talvez tenha sido uma etapa de grandes sacrifícios, embora a universidade fosse gratuita.

Do palco, ela procura pelos seus familiares. Estarão todos lá, com certeza. Todos? Faltará o pai. Poderia estar ali, sentado como tantos outros. Poderia, mas provavelmente não estará. A essa altura, talvez ela já tenha aceitado isso como fato irreversível de um passado que ela quer apenas perdoar e esquecer, despindo as lembranças e os rancores como pele velha que se joga na correnteza de um rio...

O importante é que Claudionor esteja ali – tomara que sim –, tentando localizá-la entre os colegas. A voz do rapaz aflora na sua memória:

– Está me vendo, lá embaixo, sou eu aos pés da torre... Jogue as tranças, Rapunzel!

Então, já teria acontecido esse dia mágico: quando realmente teve a certeza daquele amor, ela finalmente jogara as tranças. E ele escalou a torre ao seu encontro. Foi um momento de entrega mútua e apaixonada, do qual ela jamais se arrependeu e se tornou também um dos dias mais especiais da sua vida. Aquele em que ela se tornou definitivamente mulher.

Cris continua imersa no seu sonho, embalada por ele. Vivenciando uma história maravilhosa, como se virasse as páginas de um livro.

Logo que se formou, Claudionor queria se casar, mas ela preferiu também terminar a faculdade antes. Curtir aquele sonho por inteiro, sem dividi-lo com o casamento. E, além disso, continuaria assinando o nome de solteira. Fora uma luta tão grande que não podia abrir mão disso. Era como um troféu que ela ostentaria pela vida.

Pausa: o orador para de falar, terminaram os discursos. Agora o juramento de Hipócrates. Ela se arrepia, ouvindo aquelas palavras antigas, mas tão atuais. Promete a si mesma que fará da Medicina um sacerdócio, em hipótese alguma se deixará corromper.

Grand finale: começa a chamada para a entrega dos diplomas. Um a um, seus colegas levantam-se e dirigem-se, sob os aplausos da plateia, em direção à mesa. Trêmula, aguarda a sua vez. Mereceu esse momento pelos longos anos de persistência. É uma apoteose, como numa grande ópera!

– **Crispiniana da Costa Carvalho!**

Suspira, extenuada. O sonho está ali, inteiro, palpitante como um ser vivo. Pode ser assim, não pode? Com pequenas diferenças, calibragens, mas tornando-se realidade. Vai depender da sorte, mas muito mais dela, da sua coragem e obstinação, do desejo sincero e ardente de ser feliz!

Vale a pena tentar. Ainda precisa aprender muitas coisas, como controlar o medo e torná-lo um grande aliado. O futuro é um desafio – mas ela é uma guerreira!

Cerra os olhos. E, quase dormindo, ainda se lembra dos contos de fadas que a mãe lia para ela na tenra infância. Todos, sem exceção, ensinavam: *"quando chega a hora... chega a hora!".*

Epílogo

Um ano depois, Cris estava saindo da escola, quando o Eric veio correndo:

– Cris, tem o carrão novamente lá na esquina. Uma senhora quer falar com você!

Cris estremeceu: quem poderia ser desta vez? Respirou fundo e, resolvida a encarar a situação, dirigiu-se apressada até o carro.

Deu com Beatriz, uma de suas meias-irmãs, que, sorridente, a cumprimentou:

– Oi, Cris, como vai? Tudo bem?

– Estaria melhor se o nosso pai não tivesse recorrido, concorda?

Beatriz sorriu:

– Pois tenho boas notícias para você nesse sentido. Papai desistiu de recorrer, mandou parar o processo. Ele resolveu assumir a paternidade com todas as responsabilidades resultantes disso.

Cris não queria acreditar no que ouvia: era bom demais para ser verdade. Perguntou qual a razão de Luís, que se mostrara tão intransigente, desistir, assim, repentinamente do processo.

Beatriz, então, explicou que o pai delas estava muito doente, aliás permanecia internado no hospital em estado grave. Haviam conversado sobre o assunto, e ela o fizera entender que a sua intransigência não levaria a nada; apenas atrapalhava a vida de Cris na realização de seus possíveis sonhos...

Cris encarou Beatriz e sentiu sinceridade no que ela dizia. Mas insistiu, querendo ter certeza do que ouvira.

– Então, é verdade mesmo? Ele concordou em me assumir como filha?

– E eu iria mentir sobre uma coisa tão importante? Estou aqui para convidá-la a ir comigo ao hospital ver o nosso pai. Sinto muito dizer isso, mas parece que ele não tem muito tempo de vida e...

A velha luz da desconfiança acendeu-se novamente no cérebro de Cris:

– Desculpe a franqueza, mas sozinha eu não vou, não. Se você puder esperar, eu ligarei pra minha mãe e pedirei pra ela ir com a gente...

Beatriz concordou com um gesto de cabeça. Abriu a bolsa e tirou um celular:

– Pode ligar, Cris, esperamos a sua mãe chegar e vamos juntas ao hospital. Papai vai ficar feliz. Eu acho que ele finalmente tomou consciência daquilo que fez e quer lhe pedir perdão antes de...

Um soluço cortou suas palavras. Cris, movida por um impulso, abraçou-a. E ficaram ali, tão diferentes na dor e na esperança, mas tão iguais como jamais supunham ser.

Este livro foi composto em Avenir e Rotis Serif e
impresso em papel Offset 90g/m².